AF481343

David Mars

FAMMI SOGNARE

ISBN: 9798684502903

Prima edizione cartacea e digitale settembre 2020

Editing: Deborah Tessari
Archivio fotografico: JamesDeMers | No-longer-here
Modelli in copertina: gstockstudio | rmt

Progetto ed elaborazione grafica: Graphicanet
Sito Web: http://graphicanet.altervista.org
Facebook: Graphica Net

A tutte quelle persone
che credono nell'amore

Capitolo 1

La luna brillava di una pallida luce argentea nel sereno cielo del Texas. Al volante della sua auto Marvin Harris emise un sospiro di sollievo: la fattoria. Finalmente era arrivato! Come si aspettava, la grande casa colonica era completamente buia. Mezzanotte era ormai passata e suo fratello Denis e la moglie Elaine non l'aspettavano che per l'indomani.

Dopo aver parcheggiato l'auto, Marvin prese la valigia e silenziosamente si diresse verso il portico. Aprì la porta con la propria chiave ed entrò senza fare il minimo rumore, non voleva svegliare Elaine o Denis. Non c'era alcun bisogno di farli alzare nel bel mezzo della notte quando poteva, con tutta tranquillità, andare nella sua vecchia stanza e vederli la mattina successiva, dopo una buona nottata di riposo. Anche nella semioscurità la casa gli era così familiare che attraversò sicuro l'ingresso e in un attimo raggiunse la sua camera. Lentamente, senza far rumore, girò la maniglia ed entrò. Si chiuse la porta alle spalle e accese la luce. Sussultò ed emise un piccolo grido soffocato.

Un uomo, il torace nudo fino alla cintola, era balzato a sedere sul suo letto. «E lei chi diavolo è?» domandò l'uomo. Con una mano si proteggeva gli occhi dalla luce abbagliante.

Con il cuore in gola Marvin si affrettò rispondere: «Marvin... Marvin Harris, il fratello di Denis. Non sapevo che avessero un ospite. Sono arrivato in anticipo e non volevo svegliarli. Arrivo da Atlanta, in un primo tempo avevo pensato di pernottare in un motel, ma strada facendo ho cambiato idea. Non volevo disturbarli e avevo pensato di venire direttamente a letto. Non avevo idea che qui ci fosse qualcuno.»

«Capisco,» fece l'uomo passandosi le dita fra i capelli biondo scuro. «Immagino quindi che questa sia la sua stanza.»

«Sì, ma…»

«Vuole che vada a dormire sul divano?»

«Oh no! Rimanga pure qui. Andrò a dormire nella stanza accanto. Non è un problema.»

«Temo invece che lo sia: c'è mio figlio che dorme nella stanza accanto.»

«Allora dormirò nella cabina armadio, c'è un letto a scomparsa molto comodo.»

«Ma…»

«La prego non si preoccupi. È davvero un ottimo letto. Inoltre non avrei cuore di sloggiarla da un letto caldo solo perché sono arrivato in anticipo!»

«Farò come vuole lei,» disse l'uomo. «Mi offrirei anche di andare a dormire con mio figlio ma quel bambino si agita così tanto da farmi venire il mal di mare.»

Marvin rise sottovoce: «Non vorrei mai sottoporla a una simile tortura.»

«Ci sarebbe un'altra alternativa,» fece l'uomo e sulle sue labbra decise, ben disegnate, si delineò un breve sorriso. «Potremmo dividere questo letto.»

Era chiaro che lo stava provocando, forse intendeva flirtare un po'. Marvin non se ne preoccupò. «Grazie davvero, ma devo rifiutare. Forse,» replicò maliziosamente, «fra qualche tempo, quando ci conosceremo meglio.» Riaprì la porta e uscendo aggiunse in un sussurro: «Mi dispiace averla disturbata.» Richiuse prima che l'uomo potesse replicare qualcosa e si avviò verso il letto a scomparsa. Solo allora si rese conto che non gli aveva nemmeno chiesto chi fosse. Ma in quel momento era troppo stanco per preoccuparsene e, comunque, l'indomani l'avrebbe saputo.

Dormì saporitamente fino alle dieci e si svegliò riposato e perfettamente in forma. Canticchiando si alzò. Dopo una doccia meravigliosa nella stanza da bagno in fondo al corridoio, tornò alla cabina armadio. Sempre continuando a canticchiare, si vestì indossando un paio di pantaloni marroni di velluto e un comodo pullover bianco. Davanti al grande specchio attaccato alla parete si spazzolò i capelli castani. I suoi grandi occhi azzurri brillavano di eccitazione, e non c'era da meravigliarsene. La prima metà di dicembre si era trascinata lentamente ma, alla fine, il tempo era passato e adesso aveva davanti a sé due intere, meravigliose settimane di vacanza. Avrebbe trascorso tutte le festività natalizie con la sua famiglia, lontano dai suoi vivacissimi scolari di quarta elementare. Insegnare gli piaceva molto, ma una masnada di ragazzini dai nove ai dieci anni rendevano la vacanza non un lusso ma una necessità. E anche loro avevano bisogno di un po' di riposo. Quando a gennaio le scuole avrebbero riaperto, i piccoli sarebbero stati pronti ad affrontare i nuovi impegni di studio.

In quel momento il suo stomaco emise un leggero brontolio ricordandogli che non aveva mangiato niente dalla sera precedente. Decise che per colazione avrebbe preso un gran bicchiere di succo di frutta, del pane tostato con la marmellata e un paio di uova fresche, quelle che le galline di Elaine sfornavano ogni giorno.

Dopo aver infilato un paio di pantofole uscì dalla cabina armadio e si avviò in cucina, ma si fermò sulla porta: sua cognata era seduta al tavolo di noce nel mezzo della stanza, sprofondata nello studio di una ricetta in un grande libro di cucina. Marvin sorrise con tenerezza.

Denis era sposato con Elaine da un anno e mezzo. Quella donna era la cosa migliore che suo fratello avesse avuto dalla vita e non si vergognava certo ad ammettere che averla conosciuta, amata e sposata, aveva cancellato dal suo animo la delusione e l'amarezza del suo primo matrimonio con Erika. Denis era troppo gentiluomo per esprimere una qualsiasi critica nei confronti della prima moglie, ma Marvin, fratello affettuoso e attento, sapeva perfettamente quale fallimento fosse stato il suo primo matrimonio con una donna come Erika, troppo egoista e piena di sé per essere felice della semplice vita di un ranch. Grazie a Dio, Elaine era esattamente l'opposto: generosa, intelligente e, per di più, dotata di un notevole senso dell'umorismo. E, diversamente da Erika, riusciva a gustare la bellezza delle piccole gioie quotidiane.

«È una bellissima giornata, non è vero?» esordì Marvin dalla porta. Elaine balzò in piedi, gli andò incontro e lo strinse in un abbraccio affettuoso. Lui ricambiò il suo abbraccio e scherzosamente si lamentò: «Ma io ho perso gran parte di questo meraviglioso mattino. Avresti dovuto svegliarmi.»

«Niente da fare!» Elaine scosse la testa e, nel movimento, i biondi capelli le fluttuarono sulle spalle. «Dopo quel lungo viaggio da Atlanta avevi bisogno di dormire e riposare. Penso che Denis ti farà una lavata di capo. Questa mattina quando ci siamo alzati e ha visto la tua macchina si è inquietato perché non ti eri fermato in un motel per la notte.»

Marvin agitò una mano con un gesto noncurante. «Lo sai com'è, gli piace fare il padre e il fratello maggiore, è sempre stato iperprotettivo.»

«Ti vuole bene. Entrambi ti vogliamo molto bene,» si corresse e, dopo un attimo, «perché non ci hai svegliato ieri sera quando sei arrivato?»

«Era tardi e non c'era motivo di tirarvi giù dal letto, per di più, anch'io ero sfinito e non vedevo l'ora di dormire. Ma oggi mi sento in forma perfetta e affamato come un orso. Quel caffè ha un profumo delizioso.»

«Versatene una tazza mentre io ti preparo qualcosa per colazione. Cosa vuoi?»

«Vorrei tanto pane tostato e marmellata e delle uova, ma posso prepararmele da solo.»

«Non ci pensare neppure,» obiettò Elaine mettendosi un grembiule giallo. «Questo è il tuo primo vero giorno di vacanza e ti servirò io la colazione. Da domani ci penserai tu da solo. D'accordo?»

«D'accordo!» Sorridendo Marvin si sedette al tavolo e osservò la cognata che andava e veniva dal frigorifero ai fornelli e dai fornelli alla credenza. Poi la vide aprire la porta della dispensa e fu investito da una folata di aromi, cannella, noce moscata, pepe, che solleticarono il suo appetito facendogli borbottare lo stomaco. Quando Elaine rientrò in cucina con due fette di pane, Marvin chiese: «A proposito, mio fratello è fuori con Sloane e i braccianti?»

Elaine annuì mentre rompeva le uova in una ciotola. «Sapeva che stamattina avresti dormito fino a tardi e i braccianti avevano bisogno di aiuto per portare a valle il bestiame. Proprio ieri il servizio meteorologico ha previsto un periodo molto freddo e forse anche neve per domani o dopodomani. Non possono lasciare le mandrie sparse nel caso siano costretti a rifornirle di mangime. Ma sarà qui per l'ora di pranzo. Non vede l'ora di rivederti.»

«Sono più di sei mesi che non ci vediamo e devo ammettere che mi siete mancati molto. Ma adesso che sono qui avremo tutto il tempo che vogliamo per una piacevole e lunga chiacchierata. Sono felice di essere arrivato di domenica così tu non sei allo studio.»

«Forse non ci crederai ma rimarrò a casa per le prossime due settimane,» lo informò Elaine con un sorriso, «anch'io sono in vacanza. Dopotutto, Natale è Natale.»

«Che meraviglia!» commentò Marvin sorseggiando il caffè. «Forse riusciremo anche a convincere Denis a lasciare che sia Sloane a occuparsi del ranch per un po'.»

«Forse potremo!»

«Sono sicuro che tu ci riuscirai: è creta nelle tue mani,» replicò Marvin scherzosamente. «Oh, a proposito, ieri sera sono andato direttamente in camera mia senza sapere che fosse occupata. Chi è quell'uomo?»

Prima che potesse completare la domanda quello stesso uomo entrò in cucina dalla porta posteriore. Aveva un cestino pieno di uova appena raccolte e lo porse a Elaine con un sorriso prima che il suo sguardo si rivolgesse a Marvin. I suoi occhi grigio scuro presero nota dei morbidi capelli castani e dei grandi occhi azzurri del ragazzo, del corpo sottile ma non magro. La sera precedente aveva notato delle ombre bluastre sotto gli occhi, invece quella mattina il viso, dai lineamenti delicati, era riposato e risplendente. Marvin e l'uomo si guardarono per alcuni secondi.

Elaine ridacchiò. «Vi siete già conosciuti ieri sera, lo so, ma non vi siete presentati. Marvin, questo è mio cugino Edgar Austin. Edgar, mio cognato Marvin.»

Con un sorriso Marvin posò la tazza di caffè e allungò una mano. «Sono lieto di conoscerti ufficialmente. Mi dispiace di averti svegliato ieri notte.»

«Non preoccuparti!» rispose Edgar con gentilezza ricambiando la sua vigorosa stretta di mano.

Mentre il nuovo arrivato si versava una tazza di caffè, Marvin ne approfittò per studiarlo più attentamente: era di poco più alto della media, ben fatto e robusto senza essere eccessivamente muscoloso. Aveva un viso forte ma dai lineamenti perfettamente disegnati. I suoi occhi erano di un insolito grigio scuro, un colore che lui trovava straordinario. Era leggermente abbronzato nonostante la stagione invernale. Sedette di fronte a Marvin e gli chiese il bricco della panna.

«Edgar viene da New York,» disse Elaine. «Lui e Daryl, suo figlio, solo una settimana fa hanno deciso di trascorrere il Natale con noi. L'avevo già invitato una dozzina di volte, ma lui era sempre troppo occupato, o almeno così diceva.»

Edgar ammiccò alla cugina. «Non erano scuse. Non sono riuscito a muovermi fino ad ora.»

Marvin giocherellava distrattamente con il tovagliolo. «E cosa fai a New York, Edgar?»

«Produco software per computer.»

«Davvero? Interessante. E hai anche materiale didattico?»

«Certo, oltre i programmi commerciali e giochi abbiamo anche del materiale didattico.»

«Te lo domando perché sono un maestro e i miei scolari adorano passare il tempo sui computer.»

«Musica per le mie orecchie. I bambini di oggi sono i clienti di domani,» disse Edgar ridacchiando. «I bambini poi non sono affatto diffidenti nei confronti dei computer come la maggior parte degli adulti. Anche Daryl adora giocare con i nostri programmi.»

Marvin sorrise. «Quanti anni ha Daryl?»

«Otto.»

«È un'età molto bella!» commentò Marvin domandandosi come mai non avesse mai nominato la moglie. Chissà se era vedovo. O magari era divorziato.

«Sono divorziato,» fece lui bruscamente.

Marvin arrossì. Possibile che i suoi pensieri fossero così trasparenti? «Mi dispiace,» mormorò imbarazzato. Non poté continuare, la porta posteriore della cucina venne improvvisamente spalancata e una raffica di vento entrò nella stanza. Un bambino biondo si catapultò nella cucina, i grandi occhi grigio-verdi pieni di lacrime. «Volevo prendere un pollo… Volevo accarezzarlo!» disse singhiozzando e tenendo alta la manina destra. «Ma è stato cattivo e mi ha beccato!»

«Oh tesoro, ti ha beccato?» esclamò Elaine affettuosamente. «Certo devo ammettere che i miei polli a volte riescono a essere perfidi. É senz'altro un pollo cattivo se ti ha beccato, Daryl.» Si inginocchiò e allungò un braccio. «Vieni qui, fammi vedere cosa ti ha fatto quel pollo cattivo.»

Per un istante Daryl le permise di toccargli la mano sulla quale a malapena si vedeva una piccola scalfittura. Poi scattò all'indietro, guardò Marvin a occhi sbarrati e si precipitò verso il padre piangendo. «Devi vedere tu, papà. Mi fa male.»

«Adesso ci penso io e fra poco sarà tutto passato,» lo confortò Edgar conducendo il piccolo fuori dalla cucina.

«Elaine?» Una ruga attraversò la fronte di Marvin.

«Cosa c'è?»

«Daryl è veramente un bel bambino ma ho avuto l'impressione che non volesse che tu lo toccassi. E mi è sembrato che mi guardasse come se avesse paura di me. Forse è solo il frutto della mia fantasia.»

«Vorrei che lo fosse,» ribatté Elaine in tono triste, servendogli le uova e i toast. «Povero piccolo, non ha avuto una vita facile.»

«Perché i suoi genitori sono divorziati?»

«Infatti. La moglie di Edgar lo ha lasciato quando il piccolo aveva tre anni. Si è trovato un altro uomo e non ha più voluto occuparsi del bambino. Ha lasciato Daryl a Edgar e da allora non ha più voluto vederlo nemmeno una volta. Dopo essere stato così duramente respinto, non c'è da meravigliarsi che sia diffidente nei confronti delle persone giovani.»

Marvin scosse la testa incredulo. «Ma come si può respingere un bambino così bello?»

«Puro egoismo.»

«Mi sembra che quella donna somigli a Erika.»

«Peggio ancora. Prima ha tormentato Edgar e poi ha abbandonato il proprio bambino. Mi dispiace davvero tanto per Daryl. Lui ricorda, almeno inconsciamente, che la madre lo ha lasciato e naturalmente teme di affezionarsi a qualsiasi persona giovane. Io ho tentato di guadagnarmi il suo affetto da quando è qui, ma senza fortuna. Hai visto tu stesso cosa è successo poco fa.»

«E come si comporta nei confronti delle persone più anziane?»

«Con quelle va tutto bene, probabilmente perché adora la mamma di Edgar che, del resto, se lo merita. Sono solo le persone sotto i quaranta che lo mettono in crisi. Si ritira in se stesso ed Edgar è molto preoccupato per le eventuali conseguenze di questo suo atteggiamento.»

«Posso immaginarlo. Ma non sarebbe il caso che consultassero uno psichiatra infantile?»

«Lo fanno. La psichiatra è una donna di oltre cinquant'anni e Daryl ha piena fiducia in lei, ma ci vorrà del tempo prima che il piccolo riesca a uscire da questa situazione.»

«Ma con suo padre ne parla?»

Elaine si strinse nelle spalle. «Un po'. Edgar dice che di tanto in tanto nomina sua madre ma appena qualcuno tenta di parlarne, il piccolo si chiude in se stesso.»

Marvin sospirò dispiaciuto sia per il padre che per il figlio, ma non riusciva a togliersi dalla mente lo sguardo dei grandi occhi di Daryl, quello sguardo disperato, sparuto.

Dopo colazione e dopo aver lavato i suoi piatti Marvin lasciò Elaine in cucina, e, attraversato l'ingresso, si affacciò alla porta di casa. Il vento che soffiava agitando i rami nudi degli alberi gli riportò alla memoria gli inverni della sua infanzia. Molte persone avrebbero considerato quel luogo troppo desolato e solitario ma lui lo amava.

Con la coda dell'occhio intravvide qualcosa che si muoveva sotto il portico. Era Daryl che giocava. Con aria attenta toglieva da una vecchia scatola da scarpe delle automobiline e le allineava per terra.

Improvvisamente gli venne un'idea: prese una giacca dall'attaccapanni e uscì. Attraversò il portico senza dare neppure un'occhiata al piccolo, come se non esistesse, anche se si era accorto che lui aveva alzato la testa e lo guardava diffidente, incerto. Con aria tranquilla si avviò all'altalena appesa al solito ramo di una quercia. Si afferrò alle corde, si issò, si sedette comodamente, poi cominciò a dondolarsi, piegando le gambe e allungandole fino a quando non raggiunse una certa velocità. L'aria era gelida e il vento freddo gli aveva arrossato le guance. Era bellissimo e lui si divertiva sebbene avesse in mente un'idea ben precisa.

Dopo una decina di minuti si domandò se per caso la sua idea non fosse assurda ma nascose un sorriso quando vide il piccolo Daryl dirigersi lentamente verso di lui.

«Oh ciao!» disse con aria tranquilla e del tutto indifferente quando il piccolo si fu avvicinato. Daryl non gli rispose e non lo guardò nemmeno. Sembrava occupatissimo a studiarsi le scarpe. Quando, dopo qualche istante, alzò i grandi occhi grigio-verde verso di lui, Marvin gli domandò in tono del tutto casuale: «Ti piace l'altalena?»

Lui si strinse nelle spalle.

«Vuoi dire che non ti piace?»

«Sì, sì, mi piace.»

«Anche a me. Senti cosa faremo. Spingimi per un po', e poi io spingerò te. Cosa ne dici?»

«È un'idea!» concesse il piccolo e girando attorno all'altalena prese a spingerlo.

Dopo qualche minuto Marvin esclamò: «Ecco, adesso è il tuo turno.» Quando l'altalena ebbe rallentato il suo movimento scese. Daryl salì faticosamente sul sedile di legno un po' troppo alto per lui. Il primo impulso di Marvin fu quello di aiutarlo, ma si fece forza e se ne astenne e, quando cominciò a spingerlo, dapprima non lo toccò, limitandosi a tirare indietro l'altalena per le corde e poi lasciarla andare. Dopo un po' gli mise le mani sulla schiena e lo sentì irrigidirsi per un attimo, ma subito dopo il bambino si rilassò.

«Ti diverti?» domandò con noncuranza una decina di minuti più tardi. «O ti spingo troppo forte?»

«No! Più in alto… Più in alto.»

Marvin acconsentì felice del fatto che il piccolo avesse parlato. Ma non voleva approfittare della sua fortuna e cominciò a spingerlo con meno energia. «Brrr… Fa freddo qui fuori,» fece, «vado a fare una doccia calda. Ci vediamo.»

«No, aspetta,» lo fermò il piccolo quando lui si era già avviato. «Come ti chiami?»

«Marvin. E tu?»

«Daryl!»

«Ci vediamo, Daryl,» disse proseguendo verso la casa. Era felice che il piccolo avesse voluto sapere il suo nome e avrebbe voluto prenderlo fra le braccia, abbracciarlo, ma sapeva che lui non glielo avrebbe consentito. Meglio andare passo per passo.

In piedi sotto il portico Edgar aveva assistito alla scena e ne fu estremamente sorpreso. Il fatto che Daryl avesse parlato con Marvin era quasi un miracolo. In genere il piccolo rifiutava la compagnia delle persone giovani. Era evidente che per Daryl, Marvin fosse diverso. Ma perché?

A testa bassa, riflettendo felice sui progressi fatti con il bambino, Marvin si precipitò sotto il portico e si sarebbe scontrato con Edgar se questi, prendendolo per le braccia, non avesse evitato la collisione.

«Oh mi dispiace!» mormorò Marvin, alzando gli occhi. Edgar lasciò ricadere le braccia e lo fissò con uno sguardo penetrante. «Non è successo niente!» ribatté con la sua voce profonda e tranquilla. «Ma dimmi invece come hai fatto. Come sei riuscito a parlare con mio figlio? È difficile da spiegare ma non gli piacciono le persone giovani e…»

«Lo so… Elaine me l'ha detto.»

«E tu come hai fatto?»

«Ho finto di essere del tutto indifferente,» spiegò stringendosi nelle spalle. «Ho pensato che si sarebbe aperto più facilmente con una persona che non avesse nei suoi confronti un atteggiamento materno. Diciamo una sorta di psicologia inversa.»

Edgar inarcò le sopracciglia. «Potrebbe essere un primo passo!»

«Vedremo... Forse!» Sul viso di Marvin apparve un'espressione di commiserazione. «Mi dispiace che...»

Edgar lo interruppe bruscamente. «Nessuna compassione, d'accordo?» sbottò. «Non la voglio, non ne ho bisogno,» fece con voce sferzante.

«Nessuna compassione per te!» sbottò Marvin a sua volta, «tu sei un adulto, ma Daryl è un bambino che paga l'errore che tu hai fatto sposando la donna sbagliata. Non è il solo ad avere problemi, evidentemente. Mi sembra che anche tu ne abbia parecchi.»

Gli passò davanti ed entrò in casa, le spalle erette, il mento alzato. Edgar si volse e lo seguì con lo sguardo mentre un sorriso gli si disegnava sulle labbra: Marvin era un ragazzo di certo energico ma pieno di sensibilità, tanto che era riuscito a far parlare Daryl e a renderlo meno diffidente. Ed era anche attraente e interessante, una combinazione davvero piacevole! Il classico maschio che a lui piaceva. Era un peccato, si disse Edgar, che lui fosse fermamente deciso a rifuggire da qualsiasi relazione. Purtroppo era così: la lezione che Margot gli aveva dato ancora gli bruciava.

Capitolo 2

Quando Denis ritornò per il pranzo, Edgar osservò con interesse l'incontro tra il fratello grande e quello più piccolo. Marvin lo baciò molto affettuosamente sulle guance e lui lo strinse in un caloroso abbraccio. Si scambiarono domande e notizie l'uno dell'altro, era più che evidente che si volevano molto bene e che vi era fra loro un rapporto di amicizia, oltre che di fratellanza. Edgar sorrise fra sé e si appoggiò a un mobile della cucina. Sapeva che ciò era un punto a suo favore: avere un ragazzo in casa avrebbe certamente arricchito la sua esistenza e chissà, forse adesso, sarebbe stata un'ottima compagnia per Daryl. Uno zio amorevole che gli avrebbe dimostrato che non tutte le persone sono uguali e l'avrebbe aiutato a vincere i suoi timori.

Ma erano pensieri inutili, si disse, dal momento che anche lui aveva un fratello, Russel, ma non poteva essere d'aiuto perché si era trasferito in Europa, un fatto che Edgar non poteva in nessun modo modificare. Tutto quello che poteva fare era tentare di aiutare Daryl a liberarsi al più presto del suo risentimento. Sembrava che la psichiatra avesse ottenuto dei buoni risultati: un anno prima certamente Daryl non si sarebbe avvicinato a Marvin né tantomeno gli avrebbe permesso di spingerlo sull'altalena o gli avrebbe parlato.

«Denis, sei gelato!» esclamò Elaine interrompendo il corso dei pensieri di Edgar.

«Tu riesci sempre a riscaldarmi,» rispose Denis baciandola, «ma oggi il vento è terribile.»

«Sempre così d'inverno,» commentò Marvin tornando al lavandino dove aveva lavato la lattuga. «Mi infagotterò ben bene oggi quando verrò a cavallo con te.»

«Vi dispiacerebbe se venissi anche io?» intervenne Edgar.

Marvin si volse appena a guardarlo. «Se non hai paura del freddo.»

Edgar inarcò le sopracciglia e fingendosi esageratamente offeso, chiese: «Signor Harris, sta forse insinuando che io sia uno smidollato cittadino?»

«È lei che lo ha detto, signor Austin,» replicò Marvin con lo stesso tono scherzoso.

«È bene che tu sappia,» riprese Edgar trattandolo di nuovo familiarmente, «che sono cresciuto in una fattoria del Connecticut e potrei dirti parecchie cose sull'inverno, quello vero. Più di un metro di neve ed eccomi qua. Sono sopravvissuto.»

Elaine e Denis scoppiarono a ridere. «Ti ha rimesso al tuo posto, eh Marvin!»

Anche Marvin rise. «Un punto a tuo favore, Edgar!»

«Oh... Adesso siamo tornati a trattarci da amici!» esclamò Edgar, «e questo è già un miglioramento.»

Marvin annuì, lo squadrò lentamente da capo a piedi e gli tornò in mente la proposta che l'uomo gli aveva fatto la notte precedente di dividere il suo letto. Un brivido leggero lo scosse. Tentando di ignorarlo si volse nuovamente verso il lavello.

Mentre Denis andava in dispensa a prendere la frutta, Elaine e Marvin terminarono la preparazione del pranzo con Edgar che apparecchiava la tavola. Stava mettendo il quinto piatto quando Denis ritornò e Daryl arrivò di corsa in cucina.

«Cedric ha detto che oggi posso mangiare con gli uomini! Posso papà?» Il visetto del piccolo era pieno d'eccitazione.

Edgar gli arruffò i capelli biondi. «Certo! Penso che ti divertirai. Vuoi che ti accompagni?»

Il piccolo scosse la testa, si infilò la giacca che aveva portato con sé e uscì come un razzo dalla porta posteriore.

I quattro adulti sedettero a tavola e cominciarono a gustare il *chili* caldo che Elaine preparava alla perfezione. La conversazione fu tranquillamente scorrevole fino a quando Elaine disse improvvisamente al marito: «Mi sembra di capire che Marvin ed Edgar abbiano molto in comune.»

Marvin, che per poco non si strozzò con una foglia di lattuga, guardò con fare interrogativo la cognata. «Davvero?» chiese incredulo.

«Certo. Lui produce programmi per computer e tu hai detto che ai tuoi scolari piace lavorare con i computer. Questo vi dovrebbe fornire molti argomenti di conversazione: tu potresti dirgli cosa preferiscono i tuoi bambini dandogli qualche idea per la preparazione di nuovi programmi.»

«Certo,» ammise Edgar guardando Marvin. «Mi interesserebbe sapere cosa ne pensi. Tu hai a che fare con i bambini ogni giorno, se hai qualche suggerimento...»

«Ecco, io vorrei che i CD fossero meno fragili, pulirli è davvero un problema e i bambini delle scuole elementari spesso hanno le mani sporche.»

«Infatti questo è un problema sul quale stiamo facendo ricerche. E poi?»

«La grafica dei giochi, ad esempio... A volte è persino patetica. I miei bambini sarebbero in grado di disegnare figure più realistiche. Non molto tempo fa ho ricevuto un programma di giochi e l'eroe che andava alla ricerca del tesoro era poco più che un bastoncino.»

Edgar replicò: «Forse sarebbe meglio che tu dessi un'occhiata a qualcuno dei nostri giochi prima di giudicare l'intera produzione. La nostra grafica è eccezionale.» Il suo tono era deciso.

«Buono a sapersi!» replicò Marvin.

Se prima, sotto il portico, non fosse stato così brusco con lui, forse Marvin, in quel momento, avrebbe avuto un atteggiamento diverso. «Manda qualcuno dei tuoi programmi didattici alla Scuola Elementare Carter di Atlanta e ci darò un'occhiata.»

«Ne sarò felice!» rispose Edgar altrettanto freddamente. Poi si rese conto dell'assurdità della situazione, stavano duellando con le parole semplicemente perché lui poco prima, sotto il portico, aveva reagito bruscamente a quella che aveva creduto un'offerta di compassionevole comprensione. Era tempo di scusarsi, in tono diverso disse: «Effettivamente la tua opinione mi interessa.»

Marvin non sapeva perché, comunque si accorse di come l'atteggiamento di Edgar fosse mutato. Doveva almeno rispondergli con altrettanta gentilezza. «Se la mia opinione ti interessa, l'avrai. Ricorda, Scuola Elementare Carter, Atlanta.»

«D'accordo.»

Il pranzo ormai era terminato. Quando Marvin si alzò per aiutare Elaine a sparecchiare e a rigovernare, Denis ed Edgar indossarono pesanti cappotti e uscirono.

Un pallido sole splendeva nel cielo terso e aveva alzato di qualche grado la temperatura pomeridiana. Si diressero agli alloggiamenti dei braccianti. Dal camino si levava una sottile spirale di fumo. Quando furono quasi sulla porta Denis si fermò. «Cosa ne pensi di Marvin?» chiese all'amico.

«È intelligente, divertente, sensibile: molto attraente.» Guardò Denis con fare curioso. «Perché me lo chiedi?»

Denis sogghignò. «Mi sorprende che tu non l'abbia capito. È stata un'idea di Elaine: ha pensato che sarebbe stato un bene farvi conoscere dal momento che avete tanto in comune, compreso il fatto che a tutti e due piacciono gli uomini.»

Sospirando Edgar scosse la testa. «Purtroppo questa volta non farà centro, temo. Elaine è veramente una gran donna e si preoccupa per tutti. Devo ammettere che tuo fratello mi piace, ma non sono ancora pronto per una relazione. Forse un giorno cambierò idea, ma non è questo il momento. Margot mi ha insegnato a essere molto prudente in amore. Ho imparato bene la lezione. Per il momento niente amore!»

«Le ultime parole famose. Dicevo anch'io la stessa cosa dopo il divorzio con Erika. Poi conobbi Elaine e cambiai opinione. Un uomo ha bisogno di una compagnia, se la prima volta non funziona, riprova e sarai più fortunato. Devo averlo letto da qualche parte, forse in un libro di David Mars.»

«Sì, ma io posso aspettare, anzi voglio aspettare. Ho fatto un errore e non intendo farne un altro. Non fraintendermi, penso veramente che Marvin sia un ragazzo bello e intelligente.»

«È il migliore,» proclamò Denis orgogliosamente. «Ma se non siete fatti l'uno per l'altro, il discorso non sussiste.»

Edgar sogghignò. «Allora è per questa ragione che Elaine ha invitato me e Daryl qui per Natale?»

«Lo sai che non è solo per questo. È da quando ci siamo sposati che ti invita.»

Annuendo Edgar seguì Denis all'interno dove un uomo stava aggiungendo alcuni ciocchi di legno nel camino. In fondo, attorno a un lungo tavolo, i braccianti stavano finendo di mangiare.

Daryl, seduto accanto a Sloane, il capo squadra, non si accorse nemmeno che suo padre era entrato. Con occhi spalancati ascoltava affascinato l'uomo che sedeva di fronte a lui che stava raccontando fantasiose storie sulla sua vita da cowboy.

«Ma con loro ci parla e ci sta insieme,» fece Denis sorpreso.

«Solo perché hanno una certa età e non sono giovani,» spiegò Edgar.

Sloane intervenne. Mise una mano sulla spalla di Daryl, si alzò e disse in tono quieto: «Forza, uomini, è ora di tornare al lavoro!»

I braccianti misero i cappelli e i giacconi e solo allora Daryl si accorse di suo padre e corse da lui. «Indovina papà!» disse eccitato. «Lo sai cosa è successo a Bernie, una volta? Ha dovuto affrontare da solo un grosso orso.»

Edgar ostentò una grande meraviglia. «Questa sì che è una storia interessante! Bernie deve essere un uomo molto coraggioso.»

«E anche forte! Quel vecchio orso cattivo aveva tentato di prenderlo e stritolarlo, ma Bernie ha preso un bastone e lo ha picchiato sulla testa e allora…»

Il suo racconto fu bruscamente interrotto dall'arrivo di Marvin che fu accolto calorosamente da tutti ma in particolar modo da Sloane e dal cuoco. Il ragazzo abbracciò affettuosamente sia Sloane che Cedric e chiese notizie di tutti gli altri riservando una risatina sarcastica per un uomo piccolo e segaligno che continuava a masticare tabacco. «Bernie, non cambierai mai. E non passa mai il tempo per te.»

«C'è una ragione, signor Marvin,» borbottò Bernie, «vita sana.»

«Io penso invece che tu rimanga giovane per quella fantasia sbrigliata che ti ritrovi. Sono sicuro che racconti ancora tutte quelle tue incredibili storie.»

«Come hai fatto a indovinarlo?» gli domandò il fratello. «Ha appena finito di raccontarne una a Daryl.»

«Davvero?» Marvin si volse verso il piccolo. Avrebbe voluto chiedergli quale storia gli avesse raccontato ma, visto che la politica della non aggressione in precedenza aveva funzionato, tacque.

Dopo qualche istante Daryl mormorò esitando: «C'era un orso… un grosso orso.»

«Oh sì, quella me la ricordo,» fece Marvin fingendo di rabbrividire. «È veramente impressionante, non è vero?»

Il piccolo annuì. «Sì, signore…»

«Non penso proprio che tu debba chiamarmi signore. Chiamami Marvin come tutti gli altri.»

Gli aveva rivolto soltanto poche parole ma Marvin avvertì un profondo senso di soddisfazione. Almeno era un inizio. Un inizio che, con un po' di fortuna, avrebbe potuto condurre a un rapporto amichevole grazie al quale lui non l'avrebbe più considerato automaticamente un nemico a causa della sua giovane età. Quando alzò gli occhi non gli sfuggì il lampo di ammirazione che era passato nello sguardo di Edgar. Ne fu felice.

«Forza, a casa adesso!» esclamò Edgar rivolto nuovamente a Daryl. «Se vuoi stare alzato fino alle nove stasera, devi fare un sonnellino, piccolo cowboy.»

Daryl ridacchiò e alzò la mano per prendere quella del padre, poi cambiò idea, quasi si considerasse troppo grande per quel genere di cose. I braccianti lo salutarono mentre lui si tirava su il colletto del giaccone.

«Bernie, vecchio malandrino, uno di questi giorni dovrai dettarmi tutte quelle storie e ne faremo un libro!» commentò Marvin ironicamente quando padre e figlio ebbero lasciato la casa. Agitò la mano per salutare gli uomini che stavano uscendo. «Non vi trattengo, amici. Volevo soltanto salutarvi. Ma non permettete a mio fratello di farvi lavorare troppo. Dopotutto, siamo sotto Natale e non dovreste passare tutto il vostro tempo con le mandrie.»

«Non preoccuparti!» Sloane gli rivolse un sorriso tranquillo. «Nelle prossime due settimane tutti noi avremo quattro giorni di vacanza. Ti puoi immaginare cosa diavolo succederà!»

«Inoltre tutto il bestiame sarà a valle e potremo venire a mangiare un piatto caldo, qui a casa. Con il freddo che fa, ci vuole proprio,» disse uno dei braccianti più giovani.

«Freddo? Tu pensi che adesso sia freddo?» intervenne Bernie. «Ti ho mai raccontato di quell'inverno quando...»

«I tacchi dei nostri stivali si erano gelati attaccati alle staffe?» sussurrarono contemporaneamente Denis e Marvin che avevano sentito quella storia decine di volte. Tentando di trattenere le risate uscirono insieme.

Dopo che Denis e gli uomini si furono allontanati a cavallo, Marvin tornò a casa. Quando entrò in cucina Elaine era al telefono. Sbottonandosi il giaccone fece un cenno alla cognata e si diresse verso il soggiorno. La porta era appena socchiusa, la spinse leggermente e rimase immobile per qualche istante a osservare Edgar che sedeva sul divano a occhi chiusi. Non sembrava dormire, una ruga gli attraversava la fronte. Indubbiamente, si disse Marvin, era un uomo attraente, molto attraente, doveva essere intorno ai trentadue anni, qualcosa come sei anni più di lui.

La ruga sulla fronte di Edgar divenne ancora più marcata. Marvin non poté fare a meno di domandarsi a cosa stesse pensando: forse al figlio così insicuro e pieno di complessi? O forse stava semplicemente ascoltando la canzone? Ma non fu la curiosità che lo spinse a entrare nel soggiorno. Una sensazione strana, la tenerezza forse, lo indusse a schiarirsi la voce per attirare l'attenzione dell'altro uomo che aprì gli occhi lentamente e per qualche istante osservò il bel volto arrossato dal vento del ragazzo.

Marvin fece un altro passo avanti: «Sembra che tu sia riuscito a mandare Daryl a dormire.»

«Sì, ci sono riuscito.» Si tirò su e si passò le dita fra i capelli mentre Marvin si sedeva all'estremità opposta del divano. Edgar fece una smorfia quasi comica. «Senti,» sembrò esitare. «Io vorrei scusarmi per essere stato così brusco stamattina quando ti ho detto che non volevo la tua compassione, sebbene sia chiaro che non la voglio comunque. Ma da quando Margot ci ha lasciato, tutti, amici e parenti hanno cominciato a trattarci con i guanti. Ma forse ti avevo frainteso!»

«Infatti!» rispose Marvin con franchezza. «Io non ho pietà né per te né per Daryl. Voi siete in due che vi amate, il che è molto di più di quanto abbiano altre persone. Mi dispiace che sia accaduto quello che è accaduto, ma purtroppo la vita non sempre è come la vorremmo. Quando le cose vanno male alcune persone non riescono a farsene una ragione, ma io so invece che tu e Daryl ne uscirete.»

«Anche io la penso così e ritengo che tu sia eccezionale con Daryl» replicò Edgar. «Tu non lo solleciti, non lo forzi, ma ti limiti ad aspettare che sia lui a fare la prima mossa. Penso che tu abbia avuto successo con lui semplicemente perché lo hai sorpreso. Tutti quelli della tua età che ha incontrato da quando Margot ci ha lasciato non hanno fatto altro che cercare di coccolarlo.»

«È un tesoro!» ammise Marvin. «Anche io lo coccolerei volentieri.»

«Ma riesci ad astenertene, ecco la differenza. Grazie!»

Marvin gli rispose con un sorriso anche se il suo cuore aveva accelerato i battiti. Si era reso conto in quel preciso istante che Edgar lo turbava in modo insolito. Non aveva mai conosciuto un uomo che gli avesse fatto a prima vista un'impressione così favorevole nonostante le parole aspre che si erano scambiati.

Si accorse in quel momento che sul tavolino davanti a lui erano sparsi alcuni fogli. «Mi dispiace!» disse.

«Non intendevo distrarti dal tuo lavoro.» Edgar scosse la testa. «Fingevo di lavorare!»

«Come sei arrivato a occuparti di computer?»

«Sono riuscito a convincere mio padre che la ditta di apparecchiature elettroniche che possiede aveva bisogno di allargarsi anche ad altri settori. Non siamo una grande ditta, ma stiamo crescendo.»

«Il tuo lavoro deve essere molto interessante.»

«In linea di massima, sì. Ma c'è sempre un noioso iter burocratico da portare avanti.»

Marvin fece una smorfia ironica. «Ma lo sai quanti compiti io devo correggere ogni settimana?»

«Sì, ma ti piace.»

«Sì,» ammise lui pensierosamente. «Se non mi piacesse avrei cambiato lavoro, invece un'idea del genere non mi ha mai sfiorato. I bambini sono veramente meravigliosi.»

«Se penso a quello che sei riuscito a fare in così poco tempo con Daryl, credo che i tuoi scolari siano molto fortunati.»

«Grazie. Ma questo significa che mi hai catalogato come il tipico maestro severo dal cuore d'oro e piuttosto scialbo?»

Edgar si mise a ridere. «Io non l'ho detto. Tu non sei proprio il tipo del maestro scialbo.»

«Dieci per la tua risposta. Molto saggia!» esclamò Marvin ridendo. Poi cambiò argomento, voleva saperne di più su di lui e sulla sua famiglia. «Elaine mi ha detto che hai un fratello minore. Lavora con te e tuo padre?»

«No, Russel non è tagliato per questo genere di lavoro. In un certo senso potremmo dire che è uno spirito libero, indipendente, preferisce passare da un'attività all'altra. Ma è felice così e questo è l'importante.»

«Io non riuscirei a vivere in quel modo, ho bisogno di programmare la mia vita.»

«Anch'io. Ma succede spesso che i fratelli siano completamente diversi.»

Marvin annuì, poi improvvisamente si rese conto che, senza che lui se ne accorgesse, Edgar gli si era pericolosamente avvicinato sul sofà. Sebbene si sentisse invadere da un piacevole senso di calore si obbligò a spostarsi. «Bene, adesso non ti disturberò oltre.»

«Queste carte possono aspettare,» disse lui rimettendo tutto nella sua borsa. «Cosa fai adesso?»

Marvin si strinse nelle spalle. «Sarà meglio che vada ad aggiornare la mia lista di commissioni per Natale. Sono uno di quelli che per fare compere aspettano fino all'ultimo minuto.»

Edgar si alzò di scatto e lo seguì attraversando il soggiorno. Arrivato alla porta, Marvin si fermò, si volse verso di lui, si alzò in punta dei piedi e gli sfiorò le labbra.

«Marvin,» mormorò l'uomo sbalordito, a voce bassa.

«Guarda in alto,» lo invitò Marvin. «Visto?»

I rami di vischio erano appesi proprio sulla porta. Sorrise. «Non possiamo non rispettare le tradizioni, non è vero?»

«No.»

Prima che Marvin potesse fare un movimento, Edgar si accostò e lo baciò. Fu un bacio dolce, leggero, ma pieno di calore. Marvin si tirò indietro e sorrise esitando. «Bene, adesso che abbiamo fatto il nostro dovere, ci vediamo più tardi.» Si allontanò verso la cabina armadio. Sentiva ancora sulle labbra il sapore della bocca di Edgar.

Capitolo 3

Denis, appassionato di cinema, quella sera li condusse tutti nello studio dove aveva già preparato un grande schermo. Quindi lasciò che Elaine, Marvin ed Edgar scegliessero fra i numerosi film della sua ricca collezione. Daryl era già andato a letto e dormiva profondamente.

Alla fine, dopo essere stati per qualche minuto tutti indecisi tra il Signore degli Anelli, Harry Potter optarono per alcune puntate de Il Trono di spade.

Alla fine dell'ennesima puntata Denis improvvisamente sbadigliò. «Questo sì che è stato bello, amici! Ma domani io devo alzarmi all'alba.» Mise un braccio sulle spalle della moglie. «Sei pronta ad andare a letto tesoro?»

Guardando con indifferenza le ciotole di popcorn vuote, le quattro tazzine di caffè altrettante vuote sul tavolino davanti al divano. Elaine annuì. «Metterò in ordine domattina.»

«Ci penso io adesso,» si offrì Marvin. «Non ho ancora sonno. Voi andate pure a letto.»

«Ti aiuto,» aggiunse Edgar raccogliendo le tazzine mentre Denis ed Elaine, dopo aver augurato la buona notte, uscivano dallo studio.

Più tardi Edgar asciugò le ciotole, le tazzine e i bicchieri che Marvin aveva lavato in acqua e sapone e quindi accuratamente risciacquato. Quando ebbero finito, si asciugarono le mani e Marvin aprì la porta dello stanzino per gettare il canovaccio umido nel cesto dei panni da lavare.

Mentre tornava verso Edgar, questi sorrise. «Elaine è stata sempre una delle mie parenti predilette. Sono contento che abbia trovato un marito come Denis. È proprio quello che ci vuole per lei: è un'ottima persona.»

«È il migliore!» replicò Marvin con enfasi.

«Esattamente quello che ha detto lui di te.»

«Davvero?» Marvin guardò Edgar incuriosito. «E posso chiederti perché voi due parlavate di me?»

«Stava dicendomi che Elaine aveva combinato il nostro incontro.»

Marvin avrebbe potuto mostrarsi imbarazzato, ma non lo era affatto. Scoppiò invece a ridere.

Edgar corrugò la fronte. «Lo trovi così comico? Perché? Sono forse poco attraente?»

«Oh, no, niente affatto. Tu sei…» La risata gli morì in gola. «Solo che Elaine è troppo romantica. Vuole vederci insieme solo perché lei è felicemente sposata. Ma né tu né io siamo il genere di persone che si fa manipolare e influenzare, nemmeno da qualcuno che ci vuole tanto bene. E tu cosa hai risposto a Denis?»

«Che non sono interessato.»

«Oh!» se ne uscì sbalordito dalla franchezza di Edgar. «Almeno sei stato sincero.»

«Non prenderla come qualcosa di personale, Marvin. Il fatto è che io sono stato scottato una volta e non desidero scottarmi di nuovo.»

Gli occhi grigi di Edgar erano fissi nei suoi e lui sentì il suo cuore impazzire. Decise che era tempo di cambiare argomento di conversazione e disse la prima cosa che gli passò per la mente. «Mi sorprende che siate venuti per Natale. Dal momento che Daryl è così affezionato ai tuoi genitori perché non passate le vacanze con loro?»

«I miei genitori non ci sono,» rispose lui con un sorriso comprensivo. «Il venti dicembre celebrano il loro trentacinquesimo anniversario di matrimonio e dal momento che avevano trascorso la luna di miele a Roma, quest'anno Russel e io abbiamo deciso di offrirgliene un'altra, che comprende Roma, Venezia, Firenze e Pisa. Avresti dovuto vederli all'aeroporto! Sembravano appena sposati.»

«È bello scoprire che ci sono matrimoni che durano,» commentò Marvin pensierosamente. «Anche i miei genitori si sono amati per tutta la vita. Dopo la morte di mia madre, mio padre si è intristito fino a morirne. E anche Denis e Elaine avranno una vita matrimoniale felice.»

«Lo credo anche io,» convenne Edgar e, dopo un attimo, aggiunse: «Vado a infagottare per bene Daryl in modo che non prenda freddo mentre lo porto alla vecchia casa di Elaine.»

«E perché andate là?» chiese Marvin perplesso.

«L'inquilino se n'è andato il mese scorso e la casa è vuota. Non possiamo continuare a lasciarti dormire nella cabina armadio.»

«Ma non m'importa! Ci sto benissimo!»

«Non posso permettere che tu non dorma nel tuo vecchio letto. Per di più Daryl ha visto la vecchia casa di Elaine e gli piace!»

«Pensi che Daryl voglia allontanarsi da me?» chiese Marvin con aria preoccupata, triste.

«Forse è mosso anche da questa ragione,» gli rispose Edgar francamente, «ma soprattutto gli piace la casa, specialmente il piano di sopra. Forse gli ricorda la fattoria nel Connecticut.»

Marvin si mosse insieme a Edgar. «Almeno lascia che vi accompagni con la macchina. Fa molto freddo e Daryl potrebbe svegliarsi.»

«Buona idea,» convenne Edgar. «Ci vediamo fuori fra un minuto o due.»

Fra il ranch e la bassa collina sulla quale sorgeva la vecchia casa di Elaine il tragitto era breve, Marvin prese le chiavi e aprì la porta che immetteva in cucina. Accese la luce ed Edgar lo raggiunse un istante dopo con il piccolo Daryl fra le braccia. «Questa è la prima volta che un ragazzo mi accompagna a casa!» disse sorridendo.

Marvin gli sorrise a sua volta.

«Grazie per averci accompagnato.»

«Figurati!» mormorò Marvin. Dette un'occhiata al bambino che continuava a dormire tranquillo fra le braccia del padre. Impulsivamente si chinò su di lui e gli dette un bacio leggero su una guancia. «Non avrei mai potuto farlo se fosse stato sveglio.»

«Non ancora, almeno,» commentò Edgar e poi ammiccando: «E per il vecchio papà, niente bacio della buona notte?»

Marvin pensò che stesse scherzando. «Non ancora, almeno,» ripeté tornando alla macchina.

Daryl e Edgar passavano le giornate al ranch. Il martedì mattina Marvin li trovò in cucina dove il bambino era alle prese con una robusta colazione. Il piccolo lo guardò e gli rivolse un timido sorriso. Lui, reprimendo l'impulso di abbracciarlo, rispose in maniera molto controllata. Non voleva mettere a repentaglio i piccoli successi ottenuti fino ad allora. Si rivolse a Edgar: «Com'è andata la cavalcata ieri con i braccianti? Ti sei divertito?»

«All'inizio sì, ma dopo quattro ore non vedevo l'ora di tornare a sedermi davanti al fuoco.»

«Ma non avevi detto di essere abituato ai freddi inverni?»

«Certo! Ma non al vento sferzante delle grandi pianure.»

«Sopravviverai!»

«Lo spero. Ma non sono sicuro che il mio cervello non abbia risentito di quel gelo!»

Marvin si mise a ridere. «Lo sai, sei un uomo simpatico.»

«Questo lo prendo come un complimento. E dimmi, ce l'hai ancora con me per come ti ho trattato l'altro giorno sotto il portico?»

Marvin scosse la testa. «No.»

«Andiamo, dimmi la verità,» insisté lui. « hai qualcosa da rimproverarmi, non è vero?»

«No!» ripeté il ragazzo. Non gli avrebbe certo detto che lo riteneva ingiusto perché giudicava tutte le persone sulla base della moglie. Tale ammissione sarebbe stata troppo rivelatrice. Dal momento che aveva sostenuto fermamente di non essere interessato a una relazione con alcuna persona, maschio o femmina, lui incluso, mai e poi mai avrebbe detto o fatto qualcosa che potesse sembrare un tentativo di seduzione. «Nessun rimprovero,» concluse.

«Senti, Marvin…»

Prima che potesse continuare Daryl si intromise: «Papà, ho finito la colazione. Posso andare da Cedric adesso? Mi ha detto che posso aiutarlo a preparare il pranzo per i braccianti.»

«D'accordo.»

«Metti il giacchetto!» lo sollecitò impulsivamente Marvin mentre il piccolo si avviava di corsa alla porta. Poi si morse la lingua e quasi a giustificarsi aggiunse: «Il tuo papà non vuole che tu prenda un brutto raffreddore proprio per Natale.»

Il piccolo non rispose, ma staccò il giacchetto da un gancio dietro la porta e lo indossò chiudendolo fino al mento, poi uscì.

Marvin scosse la testa. «Non sono riuscito a controllarmi. Ma lo dirò almeno venti volte al giorno ai miei alunni.»

Edgar si strinse nelle spalle. «Daryl sembra che non vi abbia dato troppo peso. Non devi trattarlo con i guanti, Marvin, solo con un po' più di attenzione.»

Elaine entrò in cucina con una ruga leggera sulla fronte. «Lo sapevo che non avrei potuto godere due settimane intere di vacanze. Ho appena ricevuto una telefonata da una delle mie migliori clienti. Sua sorella e la sua famiglia sono a Dallas per le vacanze natalizie e Evelyne mi ha pregato di andare allo studio solo per fare un ritratto di tutto il gruppo. E non ho potuto dire di no. La sorella di Evelyne vive in Canada e si vedono soltanto ogni tre o quattro anni.» Elaine, borsa in mano, si strinse addosso il pesante cappotto. «Marvin, ti prego, di' a Denis che sono dovuta andare allo studio per un po'. E quanto al pranzo…»

«Non preoccupartene: ci penserò io.»

«C'è già una teglia pronta per essere messa in forno. Decidi tu il contorno.» Era già sulla porta quando si fermò. «Mi dispiace, Edgar, di essere costretta a scappare ma Marvin si occuperà di te, è solo e ha imparato a cucinare, ti terrà compagnia mentre io non ci sono. Se vuoi visitare il ranch, sarà senz'altro una guida migliore di me. Conosce questo luogo centimetro per centimetro. Spero comunque che non mi ci vorrà troppo tempo.»

Rimasti soli, Marvin e Edgar si guardarono per qualche istante prima che lui allungasse una mano attraverso il tavolo per posarla su quella di Marvin. «Hai sentito? Ha detto che mi terrai compagnia. Che genere di compagnia?»

«Cosa ne diresti di una lezione di cucina?» replicò Marvin ritirando la mano con un leggero sorriso. «Ho tempo a sufficienza per preparare quelle ciambelle alla cannella che Denis adora. Forse potresti imparare a prepararle.»

«Sarà molto semplice per me,» ribatté Edgar alzandosi in piedi. «E ti sorprenderà scoprire che mi muovo perfettamente a mio agio persino in una cucina. Daryl e io andiamo alla fattoria il fine settimana, ma viviamo a New York e non si può far crescere un bambino a surgelati.»

«Allora preparare le ciambelle alla cannella sarà un gioco da ragazzi per te,» disse Marvin prendendo una ciotola. «Adesso perché non prendi la farina e lo zucchero? Sono in quei barattoli là.»

Quando ebbero finito Marvin fu costretto ad ammettere che aveva un'altra ragione per ammirare Edgar: effettivamente sapeva cucinare!

Il pranzo fu delizioso. Marvin, Edgar e Denis spazzolarono tutto con appetito. Daryl invece era rimasto a pranzo con i bracciati che erano diventati i suoi eroi grazie anche ai racconti di Bernie.

«Quel piccolo non sa cosa si perde,» disse Denis divorando l'ennesima ciambella.

«Gliene metterò alcune da parte,» fece Marvin, «ma non posso prendermi tutto il merito. Edgar mi ha aiutato a farle.»

«Allora i miei complimenti ai cuochi,» concluse Denis allungando una mano per prendere una ciambella prima ancora di aver finita l'altra.

Un quarto d'ora più tardi Edgar si recò agli alloggiamenti dei braccianti e l'espressione del piccolo Daryl gli disse che in quel momento lui non era esattamente il benvenuto. «Papà, aiuto Cedric a lavare i piatti.»

«D'accordo. Ma devi fare il sonnellino pomeridiano.»

«Ma non ho sonno, papà, veramente. E Cedric non ha ancora visto le mie macchinine. Sai, le ho portate. Per favore fammi restare ancora. Per favore!» ripeté.

Edgar scosse la testa rassegnato e guardò il cuoco. «Sicuro che non disturbi?»

«Ma no! Mi piace parlare e lui è un ottimo ascoltatore. Mi prenderò cura di lui, Signor Austin.»

«Mi chiami Edgar, Cedric.»

«Allora posso rimanere, papà?» chiese il piccolo ansiosamente.

Edgar consultò il suo orologio. «Sì. Ma solo fino alle tre. Poi verrò a prenderti perché devi fare un sonnellino prima di cena. D'accordo?»

«Sei il papà più meraviglioso del mondo,» si rallegrò Daryl con un gran sorriso.

Quando Edgar tornò alla casa padronale, la cucina era vuota. Percorse il corridoio che portava alle camere da letto e bussò leggermente alla porta della stanza di Marvin che rispose subito guardando alle spalle di Edgar. «Dov'è Daryl?» chiese. «Già a letto per il sonnellino?»

«No… Quel mascalzoncello mi ha convinto a farlo rimanere ancora un poco con Cedric,» rispose squadrandolo lentamente da capo a piedi. Marvin era bellissimo con quei jeans scoloriti e quel pullover largo che gli copriva il petto. Improvvisamente si sentì prendere da un'ondata di intenso desiderio che tuttavia trascendeva l'attrazione fisica. Quello che sentiva per Marvin era molto più profondo... Era un sentimento mai provato! D'un tratto si sentì più giovane e si ricordò che la relazione fra due persone che si amano, una relazione vera e profonda, offre molto più del sesso e gli sembrò che Marvin potesse dargli infatti molto, molto di più.

Conscio dello sguardo fisso su di lui, Marvin sentì che il cuore prese a rullargli nel petto. L'espressione di Edgar l'aveva colpito. Gli sembrava che rivelasse qualcosa di più di un semplice desiderio fisico. C'era qualcos'altro nei suoi occhi... O era semplicemente la sua immaginazione?

«Mio figlio mi ha abbandonato» disse lui a voce bassa con un sorriso. «E, dal momento che Elaine ha detto che devi farmi compagnia, cosa mi proponi?»

Marvin emise un lungo sospiro tentando di assumere un'aria indifferente. «Se non sbaglio, Elaine ha suggerito un giro del ranch. Potremmo andare a vedere le stalle, ma temo che non sarebbe molto divertente, oppure potremmo optare per una lunga passeggiata.»

«Perché invece non facciamo una bella cavalcata?» suggerì Edgar. «Penso che sarebbe senz'altro più piacevole.»

Amo andare a cavallo. Abbiamo dei cavalli nel Connecticut e credo di aver imparato a cavalcare prima di imparare a camminare. Non mi hanno fatto mai paura a meno che tu non pensi di farmi montare un cavallo selvaggio.

Fingendo di essere deluso Marvin fece schioccare le dita. «Che peccato! Temo che nella nostra scuderia ci siano solo cavalli selvaggi. Noi texani amiamo il pericolo, e un cavallo domato non ci diverte.»

«Divertente!» commentò Edgar in tono acido ma sorridendo mentre si dirigevano verso l'uscita e si mettevano i giacconi. Fuori l'aria era gelida, il cielo si era coperto da pesanti nuvole grigie e grossi fiocchi di neve planavano lentamente.

«Che tempo strano,» osservò Marvin mentre si dirigevano alle stalle. «Non nevica molto da queste parti, ma in quest'inverno è già la seconda volta, a sentire Elaine.»

«Sembra che sarà una stagione molto fredda per tutto il paese, ma mi auguro che non sia così gelido come lo scorso inverno.»

«Noi abbiamo avuto un terribile uragano ad Atlanta e le città del sud non sono preparate ad affrontare un tempo così disastroso.»

Edgar aprì la porta della stalla e guardò Marvin. Il ragazzo ricambiò lo sguardo e scoppiarono a ridere all'unisono mentre Marvin scuoteva la testa incredulo. «Non ci posso credere! Non posso credere che stiamo parlando del tempo. Sono sicuro che potrebbero esserci altri argomenti più interessanti per noi.»

«Ne sono sicuro anch'io,» convenne lui mentre entravano nella stalla e si avvicinavano ai box. «Perché non mi racconti quali sono stati le ragioni che ti hanno indotto a lasciare Texax?»

«Non sono ragioni particolarmente interessanti. Non vorrei annoiarti.»

«Prova!»

«Forse fra qualche tempo.» Marvin si fermò davanti a un box occupato da uno splendido roano. «Questo è Lookout. Ti piacerà cavalcarlo, è un cavallo vivace ma docile.»

«Meno male. Non ho nessuna intenzione di allenarmi per un rodeo,» replicò Edgar scherzosamente. Sogghignando Marvin si avvicinò al box seguente e salutò affettuosamente uno snello cavallo nero con una piccola stella bianca al centro della fronte. L'animale emise un leggero nitrito in risposta alle parole di Marvin e poi prese a strofinargli il muso sulle mani alla ricerca di qualcosa da sgranocchiare. «No, bellezza… Non ti ho portato una carota questa volta. Mi dispiace. La prossima volta non la dimenticherò.» Si volse a Edgar. «Questo è Principe Dispettoso.»

«Principe Dispettoso?» Edgar era incuriosito. «Ah, sei tu che le hai dato quel nome vero? Perché?»

Un'improvvisa tristezza oscurò i grandi occhi azzurri di Marvin prima di rispondere: «L'ho fatto perché è nato il giorno successivo alla morte di mio padre. E mio padre mi aveva dato quel soprannome. Ho pensato che chiamarlo Principe Dispettoso fosse un modo per ricordarlo.»

Edgar lo fissò, alzò una mano e gli accarezzò prima i capelli, poi la guancia. «Mi dispiace per i tuoi genitori, Marvin,» disse in tono tranquillo e comprensivo, «Elaine mi ha detto che li hai persi entrambi nel giro di due anni. Deve essere stato duro.»

«Forse è stato più duro e difficile per Denis che per me,» replicò Marvin in tono sommesso. «Quando sono morti, lui si è sentito responsabile per me. Si è congedato dalla Marina ed è tornato a casa a prendersi cura di me e del ranch. Mi sono sempre sentito un po' in colpa per questo.»

«Capisco il tuo stato d'animo, ma non avresti dovuto. Denis è un uomo forte, indipendente. È tornato a casa perché lo desiderava. E, inoltre, pensa… Se non fosse tornato non avrebbe trovato Elaine e mi sembra evidente che lei lo renda molto felice.»

«È vero,» convenne Marvin sforzandosi di sorridere mentre guidava Edgar alla selleria dove presero selle e redini.

Alcuni minuti più tardi condussero fuori delle stalle i cavalli e montarono in sella. Grossi fiocchi di neve continuavano a cadere. L'aria era fredda e frizzante.

Marvin inspirò profondamente, poi con un sorriso gioioso si volse a Edgar. «In effetti non c'è molto da vedere in un ranch,» gli disse. «Per lo più si tratta di terra coltivata a pascolo con alcune macchie formate da cespugli che interrompono la monotonia del paesaggio. Perché non andiamo a cavalcare nel bosco dietro la casa di Elaine? C'è un sentiero attraverso gli alberi che è molto bello.»

«Sei tu la guida!» ribatté Edgar inclinando la testa senza cappello sulla quale scintillavano fiocchi di neve.

Qualche minuto dopo, attraversarono la strada, si diressero oltre la vecchia casa di Elaine e presero a seguire il serpeggiante ruscello che si gettava nel fiume Brazos le cui sponde erano ricoperte dai giunchi. Oltre una macchia di noci americani seguirono uno stretto sentiero fiancheggiato da alberi spogli.

Quando rallentarono Edgar ebbe modo di osservare Marvin. Cavalcava con leggerezza e con una grazia tutta naturale e di nuovo si sentì prendere da quello strano desiderio. Il bosco era silenzioso e sembrava che mai nessun essere umano vi avesse messo piede prima di loro. Parlarono senza turbare la calma quasi mistica della foresta. Era tempo che si conoscessero meglio.

«Interessante,» disse alla fine Edgar. «Abbiamo un sacco di interessi in comune...»

«Infatti... Credo... » Si interruppe ed emise un piccolo grido: uno scoiattolo era balzato da un ramo all'altro proprio davanti al muso di Principe Dispettoso che si era sollevato sulle zampe posteriori e l'aveva disarcionato, nitrendo spaventato. Marvin atterrò sulla neve a poca distanza. «Maledizione!» imprecò.

Ma soltanto la sua dignità era ferita e lui non perse tempo: si rialzò e si spolverò.

Edgar scese da cavallo allarmato e lo prese per le spalle. «Sei ferito?» Intanto gli toccava la schiena e le braccia.

«Soltanto il mio orgoglio è ferito!» replicò Marvin.

Edgar lo fissò intensamente con i suoi profondi occhi grigi. «Marvin!» mormorò mentre l'attirava a sé.

Le sue labbra decise e tenere lo indussero a schiudere la bocca. Quando la lingua di Edgar penetrò in quella morbida, calda cavità, Marvin si sentì attraversare da un fremito. Senza respiro, con il cuore che gli impazziva nel petto, lo baciò perché lo voleva, perché ne aveva bisogno. Ma mano a mano che il bacio di Edgar si faceva più ardente, più appassionato, un'istintiva, prudente riservatezza lo fece irrigidire e lottare per vincere il desiderio che stava per soffocarlo. Dopo alcuni confusi secondi riuscì ad allontanarlo. «Penso che sia meglio rientrare.»

«Perché?» chiese Edgar mettendogli una mano sotto il mento e costringendolo ad alzare il viso. Voleva che lo guardasse negli occhi. «Piaceva a tutti e due.» Ancora una volta le labbra ardenti di Edgar si impadronirono delle sue facendole tremare, e rabbrividire di piacere. Ma ancora una volta riuscì ad allontanarsi.

«Ma perché?» ripeté l'uomo guardandolo con sguardo appassionato. «C'è un altro uomo nella tua vita? Qualcuno ad Atlanta?»

«No... Non c'è nessuno!» mormorò Marvin. «Soltanto... Penso che adesso dovremmo tornare indietro.»

Non doveva mettergli fretta, pensò Edgar. Marvin era una persona speciale. Annuì. «D'accordo, torniamo indietro. Sembra che tu abbia freddo. Hai il naso rosso. Inoltre devo ammettere che la mia testa, senza cappello, sta gelando. Immagino che i miei capelli stiano cominciando a farsi radi.»

Marvin ridacchiò.

Capitolo 4

Anche quella sera Marvin accompagnò Edgar e Daryl alla vecchia casa di Elaine. Quando furono sulla porta Edgar esordì: «Un mio amico mi ha regalato per Natale una bottiglia di scotch. Vogliamo aprirla? È una notte fredda!» Parlando a voce bassa per non svegliare il piccolo che dormiva fra le sue braccia, continuò: «Un drink ci riscalderebbe.»

Marvin decise di accettare l'invito e li precedette attraversando la cucina. Appena dentro accese le luci perché l'altro uomo potesse salire le scale con tranquillità. Mentre Edgar gli passava davanti, Daryl nel sonno allungò un braccio e quello che era stato un grosso ranocchio di peluche verde, ormai consumato, cadde a terra proprio davanti a Marvin. «Sembra che l'abbia coccolato parecchio!» fece raccogliendolo, «immagino che gli abbia dato tanta sicurezza.»

«Oh, sì... È prezioso. Non sai cosa potrebbe succedere se, per caso, lo perdesse.»

Marvin sorrise ricordando. «Io avevo una copertina che mi dava una gran sicurezza. E me la sono tenuta cara per anni, Denis mi prendeva sempre in giro. E una volta addirittura me la nascose e minacciò di non rivelarmi mai più dove l'aveva messa. Così andai a prendere il suo fucile e glielo puntai contro. Meno male che mia madre intervenne. Ma i fratelli maggiori a volte sono terribili.»

«Anche mio fratello Russel sostiene la stessa cosa,» mormorò Edgar, «francamente non capisco perché lo dica, non credo di aver mai abusato del fatto di essere il più grande.»

«Ma naturalmente no!» commento Marvin con aria smaccatamente ironica e incredula.

Edgar prese a salire le scale. «Porto Daryl di sopra. Scendo tra un minuto.»

Il ragazzo annuì, poi andò in salotto e accese una lampada. Era una stanza calda e accogliente. Si sedette sul divano blu e dopo qualche istante avvertì i passi leggeri di Edgar che scendeva portando con sé una bottiglia Chivas Regal.

«Me l'ha regalata il mio amico Konrad quando ci ha accompagnati all'aeroporto,» spiegò andando al piccolo mobile bar per prendere due bicchieri. «Non voglio certo fare un altro viaggio in aereo con un Chivas Regal, quindi sarà bene che tu mi aiuti a berlo.»

«Spero che tu non intenda dire che dobbiamo finirlo stanotte.»

Edgar sogghignò. «No. Credo che né Denis né Elaine sarebbero contenti di vederti tornare ubriaco fragile. E tu lo saresti ancor meno domani al tuo risveglio, afflitto da un feroce mal testa.»

«Sarebbe terribile.»

«Allora diciamo scotch e acqua per te. E ghiaccio?»

«Sì... E vacci piano con lo scotch.»

Annuendo Edgar uscì portando bicchieri e bottiglia. Tornò qualche secondo dopo e gli porse un bicchiere sedendo accanto a lui. Il ghiaccio tintinnò contro il cristallo quando lui toccò il bicchiere di Marvin con il suo in un brindisi. «Al Texas!»

«Nessuno nato e cresciuto nel Texas potrebbe rifiutarsi di bere!» disse Marvin sorridendo e bevendo un piccolo sorso. «Anche io voglio fare un brindisi. A Daryl e a te. Spero che trascorriate un Natale felice e che Daryl non avverta troppo la mancanza dei nonni.»

«Ho l'impressione che il mio bambino ti piaccia.»

«Certo! E vorrei che fosse felice mentre è qui!»

Gli occhi si Edgar si incupirono mentre lo fissava intensamente. «Di questo non devi preoccuparti. È al settimo cielo. Tutti gli uomini del ranch lo chiamano *cowboy*. Cedric lo vorrebbe sempre accanto e Bernie lo entusiasma e lo eccita con tutti quei meravigliosi racconti. E anche tu fai la tua parte: ho notato che a cena si è seduto accanto a te e ti ha persino fatto vedere la piccola automobile che aveva in tasca. La tua strategia funziona. Come hai fatto a capire che sarebbe stato meglio lasciare a lui la prima mossa?»

«Io sono un vecchio, scialbo insegnante dal cuore d'oro. Ricordi? Mi sono trovato altre volte a trattare con bambini diffidenti che non sono come i bambini timidi. I bambini timidi hanno bisogno di costanti dimostrazioni d'affetto. Invece quelli come Daryl le odiano. Con loro bisogna essere educati e accessibili ma mai invadenti. Se non ti interessi a loro, cominciano a domandarsene perché non ti comporti come tutti gli altri adulti e si sentono in dovere di scoprire. La maggior parte dei bambini non resiste a un mistero. Così cominciano loro con l'avvicinarsi per capire perché sei diverso dagli altri.»

«È un ragionamento complicato.»

«E sfortunatamente non sempre funziona.»

«Ma con Daryl pare che vada bene. Tu sei il primo giovane che sembra piacergli da quando Erika se n'è andata.»

«Ma adesso va a scuola. E la sua maestra?»

«Ha più di cinquant'anni e lui l'adora, dice che assomiglia alla nonna.»

«Ma ci dovrà pur essere qualche persona più giovane che gli è simpatica! Ci sarà qualche ragazzo nella tua vita.»

Edgar scosse la testa. «Devo ammettere di non essere un santo, ma non ho nessuna relazione vera e propria da tempo.»

Marvin ridacchiò. «Un vero play-boy.»

«Puoi scommetterci: sono un allegro divorziato!» si fece serio. «Ma lo sai qual è la vita di un uomo d'affari? Alla sera in ufficio fino a tardi, lunghe riunioni, pranzi di lavoro e portarsi a casa una grande mole di carte. Ci sono notti in cui non riesco a concedermi più di tre o quattro ore di sonno.»

«Mi sembra che assomigli molto alla vita di un insegnante. Sveglio fino a tardi per correggere i compiti e per preparare le lezioni per il giorno seguente. Sono fortunato se qualche volta riesco a salutare i miei vicini.» Marvin tacque per qualche istante, bevve un altro sorso di scotch e pensierosamente aggiunse: «Ritengo che noi ci buttiamo così a capofitto nel lavoro semplicemente per sfuggire la realtà, non credi? E, purtroppo, non sempre ci riusciamo. A volte ci troviamo a doverla fronteggiare per quanto spiacevole possa essere.»

«Dimmi: quale spiacevole realtà hai dovuto affrontare?»

«La morte di mia madre,» rispose subito dopo e aggiunse: «E quella di mio padre dopo poco dopo. Ancora oggi mi sembra impossibile che non ci siano più. Credo di non aver ancora accettato la loro morte.»

Edgar si commosse: a dispetto della sua apparenza coraggiosa, Marvin era una persona vulnerabile. Gli tolse il bicchiere dalle mani e gli accarezzò il viso. «Non intendevo riportare a galla ricordi terribili.»

«Non sei stato tu!» Marvin tentò di sorridere ma non ci riuscì. «Ci sono alcuni dolori che non passano mai e una minima cosa può riportarli alla memoria. Non è colpa tua.»

«Marvin,» sussurrò Edgar e prima che potesse reagire lo cinse con le braccia attirandolo a sé, abbassò la testa e le sue labbra si impadronirono audacemente di quelle di Marvin che non riuscì a resistere alla forza di Edgar, al suo calore e alla sua virilità che lo travolsero. Si arrese a quella tenera aggressione, con il cuore che gli pulsava nelle orecchie, calde ondate di piacere lo sommersero. Continuarono a baciarsi appassionatamente. Il respiro di Edgar si fece affannoso e Marvin sentì il proprio cuore battere all'impazzata.

«Bello, Marvin,» mormorò Edgar mordicchiandogli il lobo dell'orecchio. «Sei delizioso!» Con la punta della lingua gli accarezzò l'angolo della bocca trasmettendogli laceranti sensazioni di piacere.

Gli si avvicinò ancora di più, lo abbracciò passandogli le mani attorno al collo e quando Edgar improvvisamente lo lasciò per passarsi una mano fra i capelli, lo guardò sorpreso spalancando gli occhi. «Ma cosa...»

«È pazzesco! Non volevo che accadesse. Io lo desideravo perché mi sento terribilmente attratto da te, ma adesso che ti conosco meglio capisco che tu non ti lasceresti mai coinvolgere da un'avventura occasionale. E fra due settimane tu sarai ad Atlanta e io a New York.»

«Marvin...»

«Baciami ancora!» gli disse lui con tenera gentilezza.

Edgar lo strinse nuovamente a sé e prese a baciarlo, dapprima sfiorandogli appena le labbra dischiuse, poi il bacio si fece più prepotente mentre le sue mani penetravano sotto il maglione e la leggera camicia. Marvin con un gemito si inarcò contro di lui che prese ad accarezzargli i capezzoli.

Marvin si sentì travolgere da infuocate spirali di piacere.

«Oh, Edgar...» Gli sbottonò la camicia e gli accarezzò il torace muscoloso ricoperto da una leggera peluria. Dio come lo desiderava!

Edgar accarezzò i morbidi capelli di Marvin, e lo costrinse a piegare la testa all'indietro, offrendo così ai suoi baci la pelle serica e tenera del collo: Lo baciò nell'incavo della gola, là dove una vena pulsava. Stava quasi per perdere il controllo, per abbandonarsi al proprio desiderio quando Marvin gli mormorò dolcemente in un orecchio: «New York e Atlanta non sono molto distanti, non è vero?»

Ricordandosi delle sue buone intenzioni, ancora una volta Edgar si staccò da lui. «Il problema non è la distanza, Marvin. Quello che sto tentando di dirti è che io non voglio lasciarmi coinvolgere in una relazione seria e sono convinto che tu non sia il tipo da concederti un'avventura di quindici giorni.»

Un lampo di risentimento passò negli occhi di Marvin. «Saresti stato molto più gentile se lo avessi detto prima che io mi lasciassi andare così.»

«Non ti sei lasciato andare,» replicò l'altro sottovoce. Gli prese la mano e poi scosse la testa quasi volesse scusarsi. «Quello che è successo fra noi un minuto fa è stato bellissimo. Ma io voglio essere onesto con te.»

«Allora congratulati con te stesso perché ci sei riuscito,» disse a voce bassa, vibrante, infilandosi la camicia nei pantaloni. «Tu sei così onesto che finisci per diventare ottuso.» Si alzò. «Buona notte, signor Austin.»

Anche Edgar si alzò e gli si parò davanti prendendolo gentilmente per le spalle. «Io non volevo ingannarti e capisco che le avventure occasionali non sono per te.»

«Devo ammettere che hai un intuito perfetto! E adesso che ci siamo spiegati chiaramente, per favore vuoi...»

Ma l'altro lo interruppe: «Oh, Marvin, lo so che ho fatto un pasticcio, ma almeno non potremmo essere amici?»

«Ci penserò!» rispose Marvin. Si tolse le mani di Edgar dalle spalle e uscì dalla casa.

La mattina seguente il mondo sembrava un paesaggio da cartolina natalizia. Durante la notte erano caduti più di dieci centimetri di neve. Edgar e Denis erano già andati al lavoro con i braccianti. Daryl era rimasto nel soggiorno a giocare con le sue immancabili macchinine. Marvin decise che sia lui che Principe Dispettoso avevano bisogno di un po' di moto e uscì per una cavalcata.

Quando tornò alle scuderie, un'ora dopo, vide Daryl uscire di casa infagottato nel suo giaccone e con un pesante berretto di lana in testa.

Evidentemente, a giudicare dallo sguardo ammirato che il piccolo aveva rivolto al cavallo, Principe Dispettoso aveva fatto una conquista. Accarezzando il collo dell'animale, rivolse un sorriso al bambino. «Buongiorno, Daryl!»

Il piccolo si avvicinò. «Che bel cavallo! Come si chiama?»

«Il suo nome è Principe Dispettoso.»

Daryl si mise a ridere. «Che nome buffo.»

Marvin rise anche lui. «L'ho chiamato così perché questo era il soprannome che mi aveva dato mio padre quando ero un ragazzino e avevo la tua età.»

«E adesso come ti chiama.»

«Adesso è morto, Daryl.»

Il piccolo assunse un'espressione solenne. «Che cosa triste. Il cane di mio nonno è morto quest'estate. Sono stato tanto male: Seymour mi piaceva tanto, gli volevo bene!»

«Mi dispiace. Lo so che senti la sua mancanza.»

«Infatti. Ma papà mi ha detto che Seymour era tanto vecchio.»

Marvin annuì con comprensione. «Certo tu non avresti voluto che continuasse a vivere se stava male, non è vero?»

«È la stessa cosa che mi ha detto papà.» Poi con tutta naturalezza chiese: «E il tuo papà era tanto vecchio?»

«Non troppo vecchio. Ma stava male e io penso che sia stato meglio per lui addormentarsi per non svegliarsi più, anche se Denis e io abbiamo sofferto tanto.»

«Anche la tua mamma ha sofferto?»

«La mia mamma è morta tre anni fa.»

«Oh!» Una strana espressione amara si dipinse sul piccolo viso. «Io non ho una mamma!»

Marvin si sentì stringere il cuore. Sua madre se ne era andata e non si era più preoccupata di lui. Non una volta era andata a trovarlo. Daryl non l'aveva più vista e nella sua logica infantile lui non aveva una mamma.

«E Principe Dispettoso è un buon cavallo?» domandò interrompendo il pensiero di Marvin. «Posso toccarlo?»

«Certo è molto tranquillo. Vieni qui, accarezzalo sul naso. Gli piace molto.»

Il piccolo si avvicinò, accarezzò il cavallo e rivolse a Marvin un caldo sorriso.

«Vorresti cavalcarlo?» chiese Marvin.

Daryl sembrò perplesso. «Ma è così grande! Io non voglio cadere.»

«Certo un pony sarebbe molto più adatto a te, ma, se vuoi, puoi cavalcare con me. Cosa ne dici?»

Daryl esitò soltanto un attimo. «D'accordo.»

Marvin si chino e mise le mani sotto le ascelle del piccolo. Brontolò fingendo di non riuscire a sollevarlo. «Tu mi devi aiutare. Quando ti tiro su, datti uno slancio. Non sapevo che fossi così pesante. Diventerai alto come il tuo papà e forse anche di più!»

Era la cosa migliore che avesse potuto dire. Daryl esultò e gli rivolse un gran sorriso soddisfatto. Marvin porse le redini al bambino e girarono attorno alla stalla alcune volte.

«Andiamo troppo lenti!» protestò il piccolo.

«D'accordo, andremo fino alla strada e torneremo indietro a passo più spedito, ma devo essere io a tenere le redini.» Dette una gentile spronata al cavallo e disse: «Allora, forza piccolo cowboy, testa bassa!» Dopo essere andati fino alla strada e tornati indietro tre o quattro volte le guance di Daryl erano rosse per il freddo e l'eccitazione. «E tempo di tornare alla stalla,» fece Marvin. «Non vorrei che ti prendessi un raffreddore.»

«Ma io non ho freddo,» dichiarò Daryl.

«Non ancora forse. Ma dobbiamo pensare anche a Principe Dispettoso. Credo sia il caso di riportarlo nel tepore della stalla. Dobbiamo aver cura di lui, non credi?»

Aveva fatto appello al naturale amore per gli animali che è insito in ogni bambino e, conseguentemente, non ebbe alcuna difficoltà a farlo scendere per aiutarlo a togliere la sella al cavallo e strigliarlo. Poi incaricò il piccolo di dare il fieno all'animale. Principe Dispettoso abbassò la testa sottile e prese a ruminare rumorosamente.

«Mi fa venir fame!» commentò Marvin in maniera del tutto casuale. «E tu non hai fame? Cosa ne diresti se andassimo a mangiare qualcuna di quelle ciambelle al miele che Elaine ha fatto ieri? E cosa ne diresti di una cioccolata calda? Ti piace la cioccolata?»

«Mmm,» fu il commento di Daryl. «Mi piace davvero!»

Stava facendo notevoli progressi, rifletté Marvin soddisfatto, fra non molto sarebbero stati amici.

Insieme si diressero verso la casa.

Elaine era nella doccia e lui e Daryl ebbero la cucina a completa disposizione. Dopo aver riscaldato il latte e avervi messo dentro una notevole quantità di cioccolato, Marvin se ne riempì due tazze. Poi prese un piatto colmo di ciambelle al miele e lo mise in mezzo al tavolo. Sedette di fronte al piccolo che aveva tuffato il viso nella tazza di cioccolato e contemporaneamente aveva preso tre ciambelle in una volta sola.

Marvin lo guardò affettuosamente: era un bambino di buon carattere e si rendeva conto che gli si stava affezionando sempre di più, giorno dopo giorno. Quando lo vide prendere un'altra ciambella non poté fare a meno di dirgli: «Spero che questo non ti rovinerà il pranzo.»

«Mangerò,» lo rassicurò il piccolo. «Mi piace mangiare.»

Lui sorrise. «E le favole ti piacciono? Se vuoi posso raccontartene una.»

Daryl annuì.

«D'accordo,» cominciò lui. «In un luogo lontano chiamato Connecticut vive un bambino che si chiama Daryl che va spesso a trovare i nonni nella loro fattoria. Daryl ha un bellissimo cavallo che si chiama Cappuccio. Questo cavallo è il più veloce e il più forte del mondo e adora il suo padroncino. Insieme vivono le più belle avventure. Forse non ci crederai, ma un giorno hanno persino trovato una ragazzina molto graziosa che si era perduta nel bosco. Piangeva, poverina e loro …»

Venti minuti più tardi quando Edgar aprì la porta posteriore della cucina rimase di sasso. Daryl sorrideva felice a Marvin e diceva convinto: «È una storia bellissima. Raccontamene un'altra di Daryl e Cappuccio!»

«Non posso raccontarti tutte le loro avventure in un giorno solo,» rispose lui sorridendogli. «E poi ecco il tuo papà e, a giudicare dall'aspetto, anche lui ha bisogno di una cioccolata calda o di un caffè.»

«Caffè per favore!» ribatté Edgar chiudendosi la porta alle spalle. Sedette e ascoltò un breve e confuso riassunto della storia che Marvin gli aveva appena narrato. Sorrise. «Mi sembra che il bambino di cui mi parli ti assomigli.»

«Oh sì… È proprio come me. Va a trovare il nonno e la nonna nella loro fattoria nel Connecticut. Proprio come me! Marvin racconta delle storie bellissime. Quando me ne racconterai un'altra?» chiese rivolto a Marvin.

«Presto!» sorrise Marvin. «Te lo prometto.»

«Adesso, giovanotto, è meglio che tu vada a lavarti il viso per toglierti quei baffi di cioccolata!»

Rimasto solo con Edgar, Marvin gli riempì una tazza di caffè, mentre il suo cuore faceva strane capriole nel petto.

Si accorse che Edgar non l'abbandonava un minuto con lo sguardo. Tentando di superare l'imbarazzo per quello che era successo la sera precedente, gli domandò con aria apparentemente disinvolta: «Allora, com'è andata stamattina?»

«Secondo te non sarei un cowboy eccezionale!» rispose lui ridacchiando. «Ma come vedi sono tornato prima degli altri. Ma il vento è terribile!»

«Io invece ho l'impressione che tu sia tornato prima per controllare tuo figlio.»

«È vero!» ammise lui. «Anche se là fuori fa un freddo cane.»

Marvin mise la tazzina sul tavolo. Gli sedette di fronte imponendosi la calma e disse: «Ho ripensato a quello che mi hai chiesto ieri sera, ma, dopo quello che è successo ritengo che tutto quello che potrai avere da me è proprio solo amicizia.»

Edgar lo fissò. «Non ho fatto altro che pensarci da ieri sera, Marvin, da quando te ne sei andato e ho cambiato idea. Lo so che il mio matrimonio è stato un fallimento ma questo non vuol dire che io debba evitare una relazione seria se incontro una persona speciale... Uno come te!»

A Marvin venne meno il respiro. «Vuoi... Vuoi dire che sei interessato in qualcosa di più impegnativo di un'avventura di quindici giorni?»

«Sì... Ritengo che potremmo avere molto di più.»

«Pensi che io sia speciale perché mi sono guadagnato la simpatia di Daryl?»

«Non è per quello che ti voglio.»

«E come posso esserne sicuro?»

«Fidati di me.»

Improvvisamente allungò un braccio, gli prese la mano e l'attirò a sé. Marvin non fece nulla per resistere. Edgar lo fece sedere sulle sue ginocchia e l'abbracciò dolcemente, mentre cominciava a baciarlo.

Marvin emise un gemito di piacere e le sue labbra si schiusero e fu pervaso da una sensazione di dolcissimo languore. Si abbandonò tra le grandi mani di Edgar che gli accarezzavano le spalle, le braccia, i capezzoli.

Fu solo quando sentì Daryl canterellare nell'ingresso che si rese conto di essere in cucina e che qualcuno sarebbe potuto arrivare da un momento all'altro.

Respinse Edgar con la mano scuotendo la testa. «Basta,» disse. «Daryl ed Elaine sono di là.»

«Lo so. Ma tu sei irresistibile, ti voglio.»

Ridendo Marvin si alzò e dovette lottare contro le mani di Edgar che tentavano di trattenerlo. «Se non ti comporti come si deve...» lo ammonì.

Daryl entrò di corsa in cucina prima che Marvin potesse finire la frase. Quando il piccolo gli chiese un'altra storia, lui alzò gli occhi e guardò Edgar con un dolce sorrise pieno di felicità. Lui e Daryl erano entrati a far parte della sua vita così rapidamente! Ma era ancora più gratificante sapere che anche lui cominciava a diventare importante per loro.

Capitolo 5

Il venerdì pomeriggio Marvin e Edgar si recarono a Fort Worth per gli ultimi acquisti natalizi. Daryl aveva capito che probabilmente avrebbero comprato qualcosa per lui e promise che sarebbe stato buono, avrebbe obbedito a Elaine e avrebbe persino fatto il sonnellino pomeridiano.

Mentre parcheggiavano la macchina in città. Marvin ammise: «Adoro andare a comprare regali gli ultimi giorni di Natale. È così eccitante! C'è qualcosa di speciale nell'aria, non ti sembra?»

«A me sembra che tu sia un'inguaribile romantico,» replicò Edgar scendendo dalla macchina. «Comunque hai ragione. È veramente bello.»

In città la neve si era ormai sciolta ma soffiava un vento gelido che faceva danzare le decorazioni natalizie e gli striscioni appesi per le strade.

«È un inverno particolarmente freddo,» fece Marvin tirandosi su il colletto del cappotto, «ma penso che per te sia cosa da poco in confronto all'inverno di New York.»

«Ce ne sono stati di più freddi, certo… Ma anche di più caldi. Ci sei mai stato?»

«Un paio di volte, in estate.»

«La città è meravigliosa quando nevica, almeno fino a quando la neve non si trasforma in fango. Ogni cosa sembra scintillare e c'è un silenzio irreale. Credo che New York con la neve ti piacerebbe moltissimo.»

«Immagino di si!» convenne Marvin fermandosi all'improvviso di fronte a un negozio. «Questo è il posto giusto per lo shopping natalizio. Vogliamo entrare?»

Edgar rispose con una smorfia. «Certo, mi sembra un posto molto chic, ma anche molto caro. Non credo sia alla portata del mio portafoglio.»

«Oh, grazie a Dio!» Marvin sospirò enfaticamente e come se si fosse tolto un gran peso dallo stomaco. «Credevo che tu volessi andarci. Ma io avrei potuto soltanto guardare.»

Attraversarono la strada piena di gente carica di pacchi colorati ed entrarono in un grande magazzino assai meno lussuoso. Un'ondata di piacevole tepore li sommerse mentre una dolce musica natalizia li accoglieva. Per qualche secondo Marvin ne canterellò il motivo. «Vedi, persino la musica rende l'atmosfera più allegra.»

«Sì, certo ma… Ti induce a comprare di più.»

«Come sei cinico!»

«Io direi realista.»

«Forse hai ragione. Ma non voglio rinunciare a questo spirito del Natale così dolce e pieno di calore. E anche a te piace, che tu lo ammetta o meno.»

«Non ho difficoltà ad ammetterlo!» esclamò l'altro uomo prendendolo per un braccio e facendolo spostare per evitargli la collisione con un uomo tanto carico di pacchi, pacchetti e pacchettini da non riuscire quasi a vedere davanti a sé.

«Grazie,» commentò Marvin, «ho già comprato quasi tutti i regali, me ne mancano ancora soltanto un paio. E a te?»

«Anche io devo comprare ancora due o tre cose per Daryl. Cosa ne diresti se andassimo al reparto giocattoli. Lo sai dov'è?»

«Seguimi!»

Si diressero alle scale mobili. Quando furono al secondo piano Marvin fece un cenno della testa indicando un grande cartello con la quale appariva la scritta *Reparto Giocattoli*.

«Posso aiutarti nella ricerca?» chiese Marvin.

«Certamente!» concordò Edgar con enfasi. «Daryl vuole un completo da cowboy, anche se» continuò in tono ironico, «non riesco proprio a capire perché.»

«Nemmeno io!» commentò Marvin con un risolino. «Ma non potrebbe forse avere a che fare con Bernie e i suoi racconti?»

«E come l'hai indovinato?»

«E per via del mio acuto e vivace intuito. Ma sono contento di essere qui: anch'io vorrei fare un regalo a Daryl. Hai qualche suggerimento da darmi?»

«Lasciami pensare.»

Erano arrivati all'espositore dov'erano appesi i costumi. Trovarono finalmente un completo da cowboy della taglia di Daryl. Era ben fatto e il tessuto era di buona qualità. Quello che invece non andava assolutamente era il cappello: era un orribile straccetto.

Appena Marvin lo vide storse il naso e propose: «Prendi il costume ma non il cappello. Andrò al reparto abbigliamento bambini e gli prenderò un cappello che gli piacerà: sarà il mio regalo di Natale.»

Edgar scosse la testa. «Ti costerà un sacco di soldi. So che vuoi bene a Daryl, ma non è necessario un autentico cappello da cowboy.»

«Tu non devi preoccuparti, se non mi facesse piacere comprargli qualcosa di bello, non lo farei. Non ti pare?»

Edgar rifletté per un secondo e sorrise. «Comunque sono costretto ad acconsentire, volente o nolente, tanto so che finiresti per fare quello che vuoi, indipendentemente dalla mia opinione.»

«Stiamo facendo notevoli progressi,» replicò Marvin scherzosamente. «Vedo che cominci a conoscermi.»

Insieme aspettarono che una commessa preparasse il pacco e dopo aver pagato tornarono alle scale mobili. Marvin domandò: «E adesso dove vuoi andare?»

«Al reparto donna. Ho portato un unico regalo per Denis e Elaine, ma vorrei comprare qualcosa appositamente per lei visto che è la mia cugina prediletta.»

Quando furono al primo piano Marvin gli indicò la direzione e si allontanò per andare al reparto abbigliamento per bambini. Rimasero d'accordo che si sarebbero ritrovati di lì a mezz'ora al reparto calzature.

Ma Marvin non si recò subito al reparto abbigliamento per bambini, ma fece invece una capatina al settore abbigliamento e accessori da uomo. Dopo aver curiosato per qualche minuto alla fine si decise ad acquistare per Edgar un astuccio contenente una penna e una matita firmate da un noto stilista italiano. Si affrettò poi ad andare a comprare il cappello per Daryl e ne trovò uno che gli sembrò perfetto. Era piuttosto caro ma lo prese ugualmente. Daryl era un bambino delizioso!

Trovò Edgar che l'aspettava davanti a un espositore di scarpe. Vedendolo arrivare gli sorrise e bastò quel fatto perché il cuore di Marvin prendesse a battere più velocemente.

«C'è un bar proprio all'angolo dell'isolato,» propose Marvin mentre uscivano dal negozio. «Vuoi una tazza di caffè?»

«Mi sembra una buona idea.»

Anche nel piccolo bar risuonava in sordina una musica natalizia. Sedettero a un tavolo in un angolo e Marvin gli chiese: «Riconosci questo canto natalizio? Io potrei cantarlo tutto ma non rammento il titolo, so però che l'ho cantato tanti anni fa quando ero ancora un bambino, a una recita natalizia della scuola. Lo sai?»

«Mi dispiace,» rispose Edgar dopo aver ordinato il caffè alla cameriera. «É passato troppo tempo dacché ho preso parte a una recita natalizia e non sono nemmeno sicuro di avervi mai partecipato.»

«Questa situazione cambierà presto. Adesso che Daryl è alle scuole elementari dovrai assistere a una quantità di recite.»

«Cos'è una minaccia?» replicò sorridendo e ringraziando con un cenno del capo la cameriera che aveva portato loro i caffè. «Adesso che mi ci fai pensare, ricordo qualche recita scolastica alla quale presi parte. Erano delle cose caotiche!»

«Ma questo fa parte del divertimento. E per di più, quando vedrai Daryl sul palcoscenico penserai che la recita sia più che valida da essere rappresentata a Broadway. E ti piacerà. A scuola io sono sempre dietro le quinte e ti posso assicurare che i bambini sono eccitati e felici!»

«Ti piacciono i bambini, non è vero? Ti piacciono proprio.»

«Certo altrimenti farei un altro lavoro. Ma anche a te piacciono.»

«Io non ne conosco molti. Ma il mio bambino mi piace!»

«Pensi che ti piacerebbe averne almeno un altro?»

Lui sogghignò. «Se questa è una proposta continua a parlare. Sono veramente interessato ad adottarne uno.»

«Questo è quello che volevo: una semplice risposta.» Guardò i pacchetti che l'altro aveva appoggiato su una sedia accanto a loro. «Fammi vedere cosa hai comprato per Elaine,» fece allungando una mano.

Lui lo fermò, scuotendo la testa. «Non fare il ficcanaso.»

«Hai prese un regalo anche per me?» Era una domanda retorica. Sapeva perfettamente che fra quei pacchetti ce n'era uno anche per lui, ma finse di essere inquieto. «Non avresti dovuto… Voglio dire, non dovevi preoccuparti.» Cominciò ad alzarsi. «Oh santo cielo, mi sono appena ricordato di aver dimenticato qualcosa! Devo tornare al negozio per un secondo. Intanto tu puoi finire tranquillamente il tuo caffè.»

«Siediti,» gli ordinò l'amico prendendolo per un polso. «Forse ti ho comprato un regalo o forse no. Ma anche se pensi che io l'abbia fatto non c'è bisogno che ti precipiti a comprarne uno per me.»

«D'accordo… Se è così che la pensi!» fece Marvin ma non poté fare a meno di scoppiare a ridere smascherando così la piccola commedia.

«Mmm!» mormoro Edgar. «Allora vediamo cosa c'è qui!» aggiunse afferrando il pacchetto che era accanto a Marvin.

«Dammelo!» gli ingiunse sempre ridendo. «Non osare aprirlo.»

«Fa attenzione, stai rovesciando il caffè.»

Strappandogli il pacchettino dalle mani gli disse con aria di biasimo ma sempre ridendo: «E chi è adesso il ficcanaso?»

«Io,» ammise Edgar tranquillo. «E cosa mi hai comprato?»

«Niente.»

«Andiamo… Lascia che dia un'occhiata!»

«No!» fu la risposta decisa di Marvin mentre metteva il regalo insieme a tutti gli altri.

Quella sera, quando riaccompagnò Edgar e Daryl a casa. Marvin non aveva in mente di restare ma Edgar aveva altre idee. «Vieni dentro. Fammi compagnia.»

«È tardi. Dovrei…»

«Beviamo qualcosa insieme,» insistette l'altro, «dopotutto hai promesso di aiutarmi a finire quella bottiglia di scotch.»

«Sì, certo ma non stasera. Dovrei tornare al ranch.»

«Ma cosa ti succede? Hai paura di restare solo con me?»

«No!» mentì lui con enfasi. «Non è per questo.»

«E allora?» chiese Edgar. Fra le sue braccia, il piccolo Daryl si agitò, aprì gli occhi e li chiuse nuovamente. Edgar continuò quasi in un sussurro: «Perché non vuoi entrare, Marvin? Ti annoio, forse?»

«Sai perfettamente che non è così.»

«Allora devo presumere che ti rendo nervoso.»

«Ma perché mai dovresti rendermi nervoso?»

«Allora entra e resta un po' con me.»

Marvin alzò le mani quasi volesse arrendersi. Sapeva che andandosene avrebbe dato l'impressione di fuggire, e forse Edgar avrebbe potuto rendersi conto che l'attrazione e il sentimento che nutriva per lui stavano crescendo. Marvin non era affatto sicuro di desiderare che se ne accorgesse. «Va bene, mi fermerò per qualche minuto,» disse entrando in casa. «Mi fa piacere bere un drink con te.»

Dopo aver messo a letto il piccolo Daryl, Edgar scese le scale in punta di piedi e attraversò l'ingresso. Andò direttamente in cucina, preparò due scotch con ghiaccio e poi si diresse in salotto. Si fermò sulla soglia a guardare Marvin.

Il ragazzo dava le spalle alla porta ed era intendo ammirare l'albero di Natale che Edgar aveva comprato quel pomeriggio mentre tornavano al ranch. Elaine gli aveva dato una quantità di palline e decorazioni delle quali lei non aveva bisogno per il suo albero e con le quali Edgar e Daryl avevano ornato quel meraviglioso abete.

Edgar voleva che Daryl, svegliandosi la mattina di Natale, trovasse i suoi regali sotto l'albero illuminato, invece di andare a casa di Denis. Mentre metteva a letto Daryl, Marvin aveva acceso le piccole luci dai morbidi riflessi rossi, blu, verdi, seminascosti dai rami. Improvvisamente pensò a come sarebbe stato bello dopo una notte d'amore, con i capelli spettinati intorno al viso, con quegli occhi azzurri resi ancora più profondi dal piacere, i lineamenti distesi, sereni. Edgar avrebbe voluto vederlo così e quel desiderio improvviso andava al di là della pura bramosia fisica.

Marvin avvertì la sua presenza e si voltò sorridendo appena mentre Edgar si avvicinava e gli porgeva un bicchiere.

Mormorando un grazie, Marvin tentò di ignorare il battito del suo cuore che si era fatto affrettato e disordinato e di nuovo si voltò verso l'albero. «Voi due avete fatto un gran lavoro! È bellissimo.»

«Anche io la penso così anche se Daryl ha attaccato le palline e i fili d'argento soltanto a destra per cui l'albero è un po' scoordinato.»

«Ma questo gli dà un suo carattere. Qualche volta la perfezione può essere molto noiosa.»

«Oh, che sollievo!» esclamò Edgar conducendolo verso il divano. «Adesso so di non essere noioso, sono tutt'altro che perfetto.»

«Che peccato, e io che pensavo che tu lo fossi!» replicò Marvin, tentando di non soffocare quando un sorso del suo drink gli andò di traverso: Edgar aveva spento la luce e la stanza era illuminata esclusivamente dalle piccole luci dell'albero. «E adesso che mi hai confessato la verità vuoi dirmi perché non sei perfetto? Quali difetti hai?»

«A volte russo.»

«Oh, no!» Marvin si portò una mano alla guancia e in tono di raccapriccio esclamò: «Ma è terribile! E ci sono altri spaventosi difetti di cui dovrei essere a conoscenza?»

«Penso di avertelo già detto,» rispose Edgar chinando la testa. «I miei capelli si stanno diradando proprio qui, in cima.»

«Sei un disastro!» ribatté Marvin scherzosamente. «Altri difetti o vizi?»

Improvvisamente l'espressione di Edgar si indurì e contrasse le mascelle. «Devo ammettere,» disse serio guardandolo fisso negli occhi, «che qualche volta non sono in grado di giudicare le persone.»

Marvin capì immediatamente a cosa alludesse ma non staccò gli occhi dai suoi. «Ho l'impressione che tu stia parlando della tua ex moglie,» mormorò. «Ho ragione?»

«Perfettamente. Con lei mi sono sbagliato fin dal principio.» Dopo aver bevuto un sorso del suo drink scosse la testa. La sua espressione si addolcì. «Non posso certo dire che sia stata soltanto colpa sua se il nostro matrimonio non ha funzionato. Certamente no. Avrei dovuto tentare di conoscerla meglio prima di sposarla ma, a quel tempo, mi sembrò che avessimo moltissimo in comune.» Girava e rigirava nervosamente il bicchiere fra le mani. «Daryl è stato uno sbaglio… Uno sbaglio che non ho mai rimpianto. Ma avevamo dei problemi prima ancora che nascesse. In un modo o nell'altro siamo riusciti a rimanere insieme fino a quando lui ha avuto tre anni. Non fui affatto sorpreso quando se ne andò, ma non avrei mai creduto che avrebbe potuto abbandonare suo figlio senza voltarsi indietro, senza nemmeno chiedere di vederlo almeno una volta.»

«Ma un giorno o l'altro potrebbe pentirsi e cambiare idea,» ipotizzò Marvin. «E come pensi che Daryl reagirebbe se lei apparisse all'improvviso e volesse intromettersi nella sua vita?»

«Mi auguro che tale idea non le passi mai per la testa!» rispose secco fra i denti. «Ha già fatto abbastanza danni, soprattutto per Daryl. Non riesco a dimenticare quante volte mi ha chiesto dove fosse andata subito dopo averci lasciati. Avevo pensato di dirgli una bugia, raccontargli che era morta, ma sapevo che prima o poi avrebbe scoperto la verità e allora forse mi avrebbe odiato per avergli mentito. Così gli dissi semplicemente che lei non voleva più vivere con noi. Non era mai stata una madre eccezionale, ma era l'unica che lui avesse. Per giorni ha pianto. E poi si è calmato e ha cominciato a evitare tutti i giovani, uomini o donne che fossero. Onestamente non posso dire di biasimarlo.»

Con le lacrime che gli riempivano gli occhi, Marvin appoggiò il bicchiere sul tavolino e con le dita accarezzò leggermente la guancia di Edgar. Aveva la voce un po' rauca quando disse: «Mi dispiace, veramente mi dispiace. Ma non offenderti, non è pietà la mia, è solo dispiacere che le cose siano andate come sono andate. Mi sono spiegato? Non mi tratterai male un'altra volta?»

«No!» Un sorriso apparve sulle labbra di Edgar mentre metteva il suo bicchiere da una parte. Gli prese la mano fra le sue e cominciò a sfiorargli le dita con baci leggeri.

Marvin si sentì improvvisamente attraversare da una sorta di lancinante e tenero desiderio mentre il respiro gli veniva meno. In quel momento si era reso conto, nel profondo del suo cuore, di amarlo. Rabbrividì.

Edgar lo sentì tremare, lo cinse con le braccia e lo attirò a sé. La sua bocca si impadronì delle labbra morbide e invitanti di Marvin.

Il ragazzo gli mise le braccia attorno alla vita e si inarcò contro di lui e la sua lingua si mosse in un'erotica danza. Si abbandonò completamente a quell'emozione che sbocciava in lui, provocata ed esaltata dai baci di Edgar sempre più ardenti e dalle sue audaci carezze. Quando lo costrinse a stendersi sul divano, non oppose resistenza. Lo baciò ancora e ancora, assaporando la dolcezza di quella bocca. Marvin rispose ai suoi baci con avida intensità, mentre le loro mani stavano accarezzando il corpo ormai eccitato l'uno dell'altro.

«Marvin...» La voce di Edgar era poco più di un sussurro soffocato. «Ti desidero da impazzire. Sei già duro ed eccitato.»

«Sì, mi piace, toccami. Quanto è grosso il tuo...» Marvin lo desiderava, voleva essergli ancora più vicino, conosceva le gioie di una libera e disinibita intimità. E quando Edgar gli tolse la camicia, gli venne meno il fiato, mentre il desiderio delle carezze dell'uomo che gli stava accanto diventava sempre più forte.

«Sei bello!» mormorò. I suoi occhi risplendevano. Prese ad accarezzargli i capezzoli facendolo gemere piano.

Avrebbe voluto offrirsi a lui completamente, ma quando Edgar gli sbottonò i jeans e cominciò ad aprire lentamente la chiusura lampo, s'irrigidì. Non poté farne a meno. Lo desiderava, lo voleva dentro di sé, ma si era appena reso conto di amarlo e già quella rivelazione era stata traumatizzante. Mai, nemmeno nei suoi sogni più audaci, avrebbe pensato di innamorarsi di un uomo una settimana dopo averlo conosciuto. Invece gli era successo. Doveva imparare a fronteggiare quella nuova, sia pure meravigliosa realtà. Istintivamente lo respinse.

«Edgar... non sono ancora pronto per questo,» disse con voce roca mentre si alzava. «Sta succedendo tutto troppo in fretta.»

«Marvin, aspetta! Non andartene,» lo supplicò lui.

Ma il ragazzo che si era già abbottonato la camicia, raccolse il giaccone.

«D'accordo, per questa volta ti lascerò andare,» mormorò Edgar con un sorriso comprensivo. Si alzò e lo prese tra le braccia. «Ma promettimi che penserai a questo quando andrai a letto.»

Quando lo baciò con possessiva insistenza Marvin ricambiò il suo bacio e fu preso da un'improvvisa vertigine.

«Basta! Basta!» implorò una piccola voce acuta all'improvviso. Sussultarono e di scatto si staccarono l'uno dall'altro voltandosi contemporaneamente verso la porta. Sulla soglia c'era il piccolo Daryl, il visetto arrossato dall'ira.

«Basta!» supplico un'altra volta.

Spaventato, Marvin si mosse verso di lui, ma Edgar lo fermò.

Daryl si era girato ed era fuggito su per le scale.

«Forse è meglio che tu stia qui,» lo bloccò Edgar. Una ruga profonda gli si era disegnata sulla fronte. «Vado a vedere cosa c'è che non va.»

Marvin rimase solo nel salotto per cinque lunghissimi minuti durante i quali non fece che andare nervosamente avanti e indietro domandandosi cosa stesse succedendo al piano di sopra. Daryl era sconvolto e lui non riusciva a capirne il perché. Un incubo? Forse. Probabilmente era ancora mezzo addormentato quando era sceso. Finalmente Edgar tornò. Aveva un'espressione preoccupata. Marvin si affrettò a chiedergli: «Va tutto bene?»

«Si è calmato adesso, almeno un po'. Ma non ha voluto dirmi cosa lo ha sconvolto.»

«Forse un brutto sogno.»

«Forse, non lo so.» Edgar si massaggiò le tempie. «Forse si è turbato perché ci ha visto mentre ci baciavamo. Io esco qualche volta, ma non ne ho mai portato uno a casa e per lui è qualcosa di nuovo.»

«Oh!»

«Penso che in futuro sarà meglio essere più discreti.»

«Lo penso anch'io» convenne Marvin. «Ma cominciavo a credere che lui si stesse affezionando a me»

«Infatti.»

«Ma allora perché…»

Edgar lo interruppe: «Tu lavori con i bambini e sai che non sempre sono facili da capire. Ma noi riusciremo a sapere cosa è successo. Forse Daryl ha fatto soltanto un brutto sogno.»

«Vorrei crederti,» fece Marvin uscendo dal salotto, si strinse alle spalle e si avviò alla porta. «Ci vediamo domani, Edgar.»

«Buona notte, Marvin!» Edgar rimase sulla porta fino a quando Marvin non si fu allontanato.

Capitolo 6

La sera della vigilia Daryl era così eccitato che non riusciva a stare fermo. Alle nove crollava dal sonno e sbadigliava, eppure andava in continuazione alla finestra del soggiorno di Elaine per guardare fuori, poi tornava sul divano e si sedeva accanto al padre, ma una volta seduto non faceva niente e si limitava a ridacchiare.

Alla fine Edgar esclamò: «Figliolo, dovresti già essere a letto da tempo. Andiamo, ti rincalzo le coperte.»

«Non voglio andare a letto.»

«Ma devi andarci,» obiettò Edgar con fermezza, alzando il piccolo e mettendoselo a cavallo sulle spalle. «Ti porterò fino alla porta del bagno, ti laverai i denti e poi quando ti sarai addormentato, Marvin ci accompagnerà in macchina, a casa.»

«Ma io non voglio.»

«Se dormirai, in un attimo arriverà il mattino,» cerco di convincerlo Marvin.

Quando fu sulla porta Edgar si voltò. «Dà la buona notte a tutti.»

«Scommetto che domattina si sveglierà prima dei polli,» commentò Elaine quando padre e figlio furono usciti. «Credo che nessuno di noi ricordi com'eravamo alla sua età!»

«Nove anni!» brontolò Denis. «Quasi, quasi non mi ricordo com'ero quando ne avevo trenta.»

Elaine rivolse un'ironica occhiata d'intesa a Marvin. «Sta diventando vecchio!» commentò.

Annuendo Marvin sorrise alla cognata e al fratello. «Noi diventeremo vecchi prima di avere il tempo di accorgercene. Almeno questo è ciò che zia Ellie mi dice tutte le volte che ci vediamo o ci sentiamo. E non manca mai di chiedermi quando smetterò di perdere tempo. Dovrei cercare moglie, sposarmi e mettere al mondo dei bei bambini. Sono sicuro che perseguita anche voi perché vi diate da fare per avere un erede al più presto.»

«Sì. E noi continuiamo a dirle che non abbiamo nessuna fretta,» rispose Denis sorridendo indulgentemente. E, con un'occhiata affettuosa a Elaine, continuò: «Devo ammettere però che, da quando Daryl è qui, penso sempre di più a un bambino nostro. Daryl è veramente un bambino bello e buono.»

«E ha un padre meraviglioso,» aggiunse Marvin a voce bassa. «Non deve essere stato facile per Edgar educarlo tutto da solo.»

Denis annuì. «Certo lo ammiro per questo. Ma se non mi sbaglio, fratellino, anche tu lo ammiri e forse non solo perché è un ottimo padre. Voi passate tanto tempo insieme, vero?»

«È un uomo intelligente, simpatico.»

Denis lo guardò interrogativamente e commentò: «Mi sembra che Elaine non abbia sbagliato a invitarvi contemporaneamente.»

Marvin sorrise con aria misteriosa.

«Non è stato molto faticoso, tutto sommato!» disse Edgar rientrando. «Daryl si è addormentato.»

«Non ancora,» lo corresse Marvin indicando la porta. Sulla soglia c'era il piccolo in pigiama. Sorrideva. «Vorrei un bicchier d'acqua, papà.»

«D'accordo. Torna a letto e ti porterò l'acqua,» acconsentì Edgar pazientemente.

Dopo due minuti Edgar tornò, ma non fece in tempo a sedersi che Daryl fu di nuovo sulla porta con un'aria un po' meno sicura, questa volta. «Papà ho dimenticato di lasciare il latte e i dolcetti per Babbo Natale.»

«Ma Babbio Natale viene a trovarti alla vecchia casa di Elaine,» intervenne Marvin. «È là che devi lasciargli uno spuntino.»

«D'accordo. Il latte ce l'abbiamo,» disse Edgar. «E Elaine ci darà delle ciambelle.»

«Ma se io dormo me ne potrei dimenticare.»

«Ma io no!» disse Edgar riaccompagnando il bambino a dormire. Ritornò dopo qualche istante. « Marvin, adesso vuole che tu vada a rimboccargli le coperte.»

Il giovane si mise a ridere. «Ben deciso a non dormire! Ogni scusa è buona.»

«Non credo che sia solo quello,» obiettò sottovoce Edgar. «Ha scoperto che gli piaci, che ti vuole bene e non riesce a nasconderlo anche se l'idea di una nostra relazione non lo entusiasma.»

«Diamogli tempo,» mormorò Marvin mentre Edgar l'accompagnava alla porta. Dette un'occhiata a Denis e Elaine che erano immersi in una discussione e continuò sempre più sottovoce: «Non gli dispiace se noi due stiamo insieme, ma non vuole che ci tocchiamo. Penso che dovremo avere pazienza.»

«Infatti,» disse Marvin uscendo dal soggiorno.

La porta della camera da letto era aperta e la stanza era illuminata solo dal riflesso della luce lasciata accesa in bagno. Marvin si accorse che Daryl lo stava aspettando. Si avvicinò, gli rincalzò le coperte. «Buona notte, Daryl.»

«Non ho sonno. Perché non mi racconti una storia?»

«E va bene, ma sarà una storia breve. C'era una volta un bambino di nome Bruce che decise di stare sveglio tutta la notte per riuscire a vedere Babbo Natale scendere dal camino. E lo sai cosa successe?»

«Sì. Me lo ha detto la nonna: Babbo Natale non viene se sei sveglio.»

«Bruce non ci credeva ma alla fine era così stanco che si addormentò. Naturalmente non vide Babbo Natale ma l'indomani mattina era così insonnolito che non si divertì con i giocattoli nuovi nemmeno un po'.»

Daryl lo guardò serio. «Alcuni miei compagni di scuola dicono che io sono piccolo solo perché credo a Babbo Natale. Ma io non sono piccolo e Babbo Natale esiste, non è vero?»

«Esiste nei nostri cuori e tu non sei un bambino piccolo. Adesso fa il bravo e dormi. Prima ti addormenti, prima ti svegli.»

Daryl chiuse gli occhi. Marvin si chinò e lo baciò su una guancia. Visto che non si ribellava sussurrò: «Non credi che anche tu potresti darmi il bacio della buonanotte?»

E Daryl lo baciò prima di raggomitolarsi sotto le coperte. Dopo qualche istante il respiro tranquillo, regolare, leggero gli confermò che il piccolo si era finalmente addormentato. Silenziosamente uscì e scese a raggiungere Edgar che era rimasto solo nel soggiorno. «Adesso dorme!»

«Sei un ragazzo meraviglioso a meno che tu non gli abbia dato una botta in testa.»

«Niente di così drastico. Io sono una persona persuasiva.»

«Non ne ho mai dubitato.»

«Sarebbe a dire?»

«Non fare il riservato. Lo sai cosa intendo.»

«Cerca di essere più preciso.»

«Più tardi. Prima le cose più importanti: ho chiesto a Elaine e a Denis di fare attenzione a Daryl in caso si svegliasse mentre noi siamo all'altra casa. Penso sia meglio portare i regali adesso e metterli direttamente sotto l'albero prima di spostare Daryl. Eccitato com'è potrebbe sentirci muovere e venire a curiosare. Quando avremo finito, torneremo a prenderlo.»

«Sei un padre molto saggio.»

«E sono un compagno perfetto!» ribatté Edgar ironicamente.

«E soprattutto umile!» commentò Marvin con fare scherzoso. «Ma dove sono Elaine e Denis?»

«Elaine sta preparando un pacchetto con dei dolci per Babbo Natale e Denis sta mettendo i regali nella tua macchina.»

Mentre Edgar si infilava il cappotto, Marvin indossò il giaccone, quindi prese il pacchettino che Elaine gli porgeva. «Non so quanto tempo ci metteremo, ma probabilmente non sarò di ritorno prima che voi siate andati a letto.»

«Allora ci vediamo domattina,» lo rassicurò Elaine con un sorriso comprensivo. «Non mi aspetto che tu torni di corsa quando puoi stare solo con Edgar laggiù.»

In quel momento Marvin si ricordò di qualcosa. «Scusami un attimo!» disse alla cognata e si precipitò nella sua stanza a prendere il pacchettino che conteneva il regalo per Edgar, se lo mise in tasca e tornò di corsa alla macchina dove l'altro l'aspettava.

Qualche minuto più tardi, nella vecchia casa di Elaine, Edgar accese il fuoco nel camino del salotto e Marvin andò in cucina a prendere un bicchiere di latte e a mettere i dolcetti per Babbo Natale in un piattino.

Edgar si alzò. «Il fuoco è acceso,» disse, «adesso prima cosa da fare è mettere i doni sotto l'albero.»

Marvin sedette sul divano. «Uno di noi due dovrà mangiare i dolci e bere il latte, lo sai, vero?»

«È un dovere,» concordò Edgar. «E dal momento che ti sei offerto di aiutarmi stanotte, dovrai collaborare anche in questo.»

Quando sia il bicchiere che il piattino furono vuoti Edgar uscì per andare alla macchina a prendere i regali. Mentre era fuori Marvin sfilò dalla tasca il pacchettino, lo nascose fra i doni che già facevano bella mostra ai piedi dell'albero, e rapidamente si mise di nuovo seduto sul divano quando sentì Edgar rientrare.

Insieme, ridendo, cominciarono a sistemare i pacchetti sotto l'albero e Marvin collocò bene in vista il costume da cowboy che avevano acquistato quel pomeriggio a Fort Worth, mentre Edgar posizionava una meravigliosa collezione di automobiline.

Mentre cercava di trovare una buona sistemazione per una scatola di costruzioni, Edgar scoprì un pacchettino che non riconobbe. «E questo cos'è?»

«Oh… accidenti! Non avresti dovuto vederlo fino a domattina!»

«Niente da fare. Abbiamo finito di giocare a Babbo Natale e penso che questo sia il momento migliore per scambiarci i doni: domani ci sarà una tale confusione!»

«Questa è solo una scusa! Sei peggio di Daryl,» lo accusò Marvin. Ma non riuscì a togliergli il pacchettino che lui aveva nascosto dietro la schiena. Alla fine si arrese e gli sorrise con aria indulgente. «Adesso capisco da chi ha preso tuo figlio. Tu sei più eccitato di lui per i regali di Natale!»

«Infatti! Ma adesso me lo lasci aprire?»

«Se insisti.»

«Insisto. Ed ecco il tuo regalo.»

Marvin prese il pacchetto che gli porgeva. «Ma apri prima il tuo.»

Un momento più tardi Edgar esclamò: «Grazie!» ammirando la penna e la matita.

Dopo un attimo di silenzio. «Adesso è il tuo turno, Marvin. Apri il tuo pacchetto.»

Il ragazzo strappò la carta dorata e trovò una scatola bianca dentro la quale c'era un grazioso maglione. «Oh Edgar, è delizioso. Lo avevo visto in vetrina, e lo avrei comprato con i saldi, grazie!» Commentò accarezzandolo.

«Lo so che forse ad Atlanta non ti servirà molto. Ma ho pensato che ti potrà essere utile a New York, se riesco a convincerti a venire a trovarmi prima che l'inverno sia passato. Pensi che ci riuscirò?» chiese fissandolo con quegli occhi grigi pieni di passione e di calore.

Marvin si sentì travolgere da un istante di felicità. Guardandolo rispose: «Mi piacerebbe vedere New York d'inverno.»

«E forse potresti anche provare a invitarmi in Georgia per qualche fine settimana.»

«Ritieniti già invitato.»

«Non è ancora tutto,» riprese togliendo il maglione dalla scatola e sollevando la carta sul fondo. C'era una minuscola scatolina. Gliela porse.

Marvin l'aprì con gli occhi che gli brillavano e trovò un orologio.

«Oh Edgar come è bello, lo sai che adoro questa marca.»

«Sono contento che ti piaccia.»

«Ma come hai fatto a sapere che il mio si era rotto?»

«Io so sempre tutto!»

E dopo un attimo di silenzio, Marvin lo guardò negli occhi e con un filo di voce roca gli disse: «Ma non avresti dovuto farmi due regali.»

«E perché no? Mi ha fatto piacere!»

«Ma…»

«Shhh,» lo zittì lui. «Lascia che te lo metta.» Gli prese l'orologio dalle mani e Marvin allungò il braccio perché potesse allacciarglielo al polso. Era vicinissimo e Marvin gli mise le mani sulle spalle e gli sfiorò le labbra leggermente. «Grazie, Edgar.»

«Grazie a te!»

Per un istante sembrò che Edgar volesse prenderlo fra le braccia, invece suggerì: «Penso che sia meglio se togliamo tutta questa carta di mezzo prima di dimenticarcene.»

«È una buona idea. Se Daryl la vedesse domattina penserebbe che abbiamo cominciato a festeggiare Natale senza di lui e non gli piacerebbe.»

«Sembra che tu conosca mio figlio molto bene.»

«Io conosco i bambini,» replicò Marvin. «E la maggioranza di loro adorano essere sempre in mezzo, specialmente quando succede qualcosa di particolarmente bello come aprire regali.»

«Daryl non ha da lamentarsi per questo. Guarda quanti pacchi ci sono sotto l'albero.»

«E come farai a riportare tutto a New York?»

Sorridendo Edgar si batté l'indice sulla tempia.

«Ma io ho pensato a tutto e ho portato fra le altre, da New York, una valigia quasi vuota e mi auguro che sia grande a sufficienza. Qui non ci sono tutti i suoi regali: tu domani gli darai il cappello e anche Elaine e Denis gli hanno comprato qualcosa.»

«E probabilmente anche i braccianti gli regaleranno qualcosa,» aggiunse Marvin. «Gli vogliono molto bene. È da molto tempo che non c'è un bambino qui al ranch e tutti ne sentiranno la mancanza quando partirete.»

«Ma torneremo, Daryl mi ha già pregato di riportarlo qui la prossima estate,» disse Edgar raccogliendo la carta e appallottolandola. Insieme andarono in cucina e fecero sparire la carta e i nastri accuratamente.

«Adesso siamo pronti per la grande mattinata!» fece Edgar. «Cosa ne pensi di un drink?»

«D'accordo! Ma molto ghiaccio e…»

«E poco scotch!»

«Sì,» ammise Marvin.

«Lo sai, ho l'impressione che tu pensi che io voglia ubriacarti per abusare di te,» esclamò Edgar scherzosamente.

«La mamma mi ha sempre detto di diffidare degli Yankee,» replicò Marvin con pesante accento texano. «Dice che sono svelti e furbi come volpi.»

«Davvero?» replicò l'altro fingendosi sbalordito. «È una strana coincidenza. Mio padre mi diceva sempre di fare attenzione soprattutto ai texani, perché prima ancora che tu te ne accorga ti hanno stregato e portato davanti al giudice di pace!»

«Non credo che tuo padre ti abbia mai detto una cosa simile.»

«È vero, non l'ha fatto. Ma forse avrebbe dovuto!» rise Edgar avvicinandosi al frigorifero per prendere il ghiaccio.

Tornarono con i drink nel salotto e sedettero insieme sul divano. Edgar aveva spento la luce e solo le lucine dell'albero illuminavano l'ambiente.

Nel camino il fuoco stava languendo. «Mi dispiace non posso aggiungere altra legna,» disse Edgar. «Daryl me lo ha proibito. Teme che Babbo Natale non sia in grado di scendere per il camino.»

«Lo capisco!» replicò Marvin con un sorriso.

Ci furono alcuni minuti di silenzio, ma era un silenzio sereno, pieno di calore. Poi presero a parlare ma sempre con lunghi intervalli. Era bello, si disse Marvin, gioire così, semplicemente della presenza di Edgar.

Quel ragazzo era meraviglioso e vivo anche quando taceva, pensò Edgar a sua volta.

Le luci dell'albero di Natale creavano un'atmosfera magica. Con un sospiro, quando ebbe finito il suo scotch, Marvin disse con voce appena percettibile: «Si sta facendo tardi. È meglio andare a prendere Daryl.»

«Non ancora,» disse Edgar guardando il suo orologio da polso. «Non è ancora mezzanotte.»

Marvin annuì felice di restare con lui.

«Vuoi un altro scotch?»

«No grazie. Ma se tu ne vuoi un altro, fa' pure.»

«Come sei formale,» ribatté Edgar. Gli mise una mano attorno alla vita per attiralo a sé. «Vieni qui, Marvin, più vicino.»

Marvin non oppose resistenza, mentre il cuore gli balzava nel petto.

Lo amava! Lo desiderava! Lo abbracciò e schiuse le labbra mentre lui abbassava la testa per baciarlo. Un'ondata di piacere lo travolse quando sentì le mani di lui sui suoi capezzoli. Con un gemito si abbandonò. Edgar gli saltò addosso aggrappandosi al suo collo, travolgendo il suo viso con una valanga di baci. Così tanti e forti che entrambi finirono col cadere dal divano. Ridevano e continuavano a baciarsi.

Poi Edgar chiese: «Sei sicuro, allora? Lo vogliamo fare? Ti amo lo sai, e ti desidero.»

Marvin che era finito a cavalcioni sui suoi fianchi annuì decisamente: «Sì, sì. Tu?»

«Sì.» Edgar scambiò la posizione e lo stese con la schiena sul divano. Lo baciò, gli sfilò la maglietta, passò carezze dolcissime sul suo dorso snello. Non avevano fatto ancora niente e già si sentiva girare la testa. Scese dal divano e s'inginocchiò per terra così da trovarsi con la testa e gli occhi a un'altezza inferiore a quelli di Marvin ora seduto.

«Hai paura?»

«Hai più paura tu.»

«Sì, perché non credevo di farlo con te, ma da quando ti ho conosciuto, non ho capito più nulla.» Lo avvicinò, portando il bacino di Marvin contro la propria pancia, e lo baciò in modo sensuale, affondando lentamente la lingua nella sua bocca, accarezzandogli il viso.

«Edgar, ho paura di te, di dove mi porterai.»

Edgar gli prese la nuca tra mani. «Ma io ti voglio bene, sai? Ti porto in paradiso con me.»

A Marvin girava sempre più forte la testa, il cuore gli batteva più veloce, aveva voglia di farlo, perché la tenerezza e il desiderio crescevano a ogni sguardo, a ogni carezza, così tanto che aveva paura di non essere all'altezza.

«Perché Edgar? Come è possibile? Non ho fatto nulla per farmi voler bene.»

«Perché? Non lo so, è complicato. Ma mi piaci.»

Coi baci, Edgar scese lungo il suo corpo. Gli piaceva il suo sapore, e finalmente si sentiva libero di prenderlo quanto desiderava. Lo baciava sul collo, lo leccava nell'incavo sopra le clavicole, succhiava i suoi capezzoli, e, senza incontrare alcun segno di peluria ma solo un sapore sempre più deciso, sulla pancia. Distese Marvin per spogliarlo dei pantaloni. Quando gli sfilò anche i boxer, e frastornato vide il suo sesso, indugiò di nuovo.

Continuava a essere sconvolto dal fatto di desiderare il corpo di Marvin e che il ragazzo potesse scatenargli emozioni tanto intense, ma non si sarebbe fermato per nulla al mondo.

Marvin, tutto abbandonato sul divano, soffocava i gemiti nella mano che stringeva fra i denti. Edgar risalì sul suo corpo per baciarlo sulla bocca. «Non c'è bisogno che ti trattieni,» sussurrò, prendendogli le labbra con teneri morsi. «Lo vedo che vuoi gridare.»

«Non voglio gridare, voglio solo...» Edgar era sceso e aveva cominciato a baciargli il sesso, «Sì, sì, sì,» e continuò a dirlo, sempre più tenue, fino a scioglierlo in sospiri e gemiti, e non rendendosi conto che aveva cominciato a schiacciare la sua testa contro di sé, per guidarne i movimenti.

Ma Edgar risalì alle sue labbra, e poi posò la testa sulla sua clavicola.

«Che c'è?»

«Niente.» Marvin si sollevò sul gomito, continuando a tenere la testa nera contro di sé.

«Edgar...» lo richiamò teneramente, accarezzandolo sul collo. «È bellissimo.»

Edgar si lasciò spogliare della maglia, come prima l'aveva tolta a lui. Marvin, seduto sul divano, lo guardò incantato, poi si chinò a baciarlo. «La tua pelle è così...»

«Come?» Edgar sospirò per la sensazione delle sue labbra che gli percorrevano il corpo. Marvin aveva labbra carnose, che passavano soffici, avide, curiose, ma ciò che le rendeva irresistibili era che fossero del tutto inesperte.

«La tua pelle, il tuo corpo è così... Così...»

Edgar si alzò in piedi e finì di spogliarsi. Ora, violentemente, provò quello che era rimasto indistinto, confuso nell'emozione tenera nei baci. Mentre Marvin, in basso, guardava la sua nudità con paura e desiderio, capì che non poteva più resistere alla voglia di prenderlo. Lo voleva prendere in mano, succhiarlo come si fa con un gelato. Sapeva che era ancora presto, e si trattenne, ma quasi con dolore. Il dolce ragazzo alla fine si decise, guidato dall'istinto, stava provando a fargli ciò che prima aveva ricevuto da lui. Era meraviglioso. Marvin lo aveva sentito reagire con un tremore al primo tocco delle labbra sulla sua erezione. Era un tremito di desiderio puro. Eppure continuava essere dolce, perché Edgar era dolce.

Edgar lasciò che continuasse, anche se gli costava una gran fatica resistere al bisogno di esplodere nella sua bocca il suo liquido in aggiunta a tanto amore. Aspettò finché fu troppo stordito per controllarsi. E si distese sul divano, portando Marvin con sé. Lo baciò, scavò la sua bocca, si lasciò scavare, mangiare. Poi tornarono a baci delicati come tocchi di piuma.

«Ora...»

«Sì, Edgar, ora.»

Gli baciò la fronte, il naso. «Ti voglio tanto. Ti voglio come non ho mai voluto niente e nessuno.»

«Lo so, Edgar. Lo sento.»

Gli allargò le gambe. Lo guardò, i suoi occhi bevvero tutto il suo corpo sottile e dorato nella luce fioca della stanza. «Marvin, non sono tanto sicuro di come funziona, è la prima volta che penetro un uomo.»

Il ragazzo biondo sorrise e arrossì. «Figurati io. Almeno tu sei stato sposato e qualcosa sai di sesso, io solo seghe e un po' di sesso orale.»

Le dita di Edgar gli percorsero ancora la pancia, scivolarono sulle sue cosce, le accarezzarono. Una mano si fermò tra le sue natiche. Sentì i muscoli tendersi, quando provò ad entrare con un dito. «Rilassati, faccio pianissimo.»

Provò a vedere cosa succedeva massaggiandolo un po' intorno all'apertura. Marvin si eccitava, sempre di più, sembrava chiedere col corpo quello che le dita tentavano di dare.

Edgar entrò col dito. Lo sentì sussultare. Si chinò verso il suo collo e lo baciò. «Fa male?»

«No. Non tanto, è strano.»

Aveva chiuso gli occhi e Edgar capì che Marvin stava godendo e che provava piacere, ma era ancora confuso. Tirò fuori il dito, lo cosparse di crema per vedere se sarebbe scivolato più facilmente, e lo affondò un'altra volta, lo mosse piano, arrivò a toccare il punto che gli sembrava quello giusto. L'espressione di Marvin era estatica, si stava rilassando.

Edgar lo baciò, trovando nella sua bocca un gemito di piacere che veniva dal profondo. «Adesso provo, va bene?» gli sussurrò all'orecchio. Gli passò carezze, scostò i capelli caduti sulle guance, lo guardò negli occhi blu dilatati dal piacere. Erano belli in modo insostenibili, il suo viso, la sua espressione strappava via il cuore, uccideva.

Edgar non resistette più, si avvicinò il bacino del ragazzo, stava scoppiando, stava morendo d'amore.

Quando Marvin lo sentì entrare, per quanto lo volesse in modo sfrenato, provò un dolore prolungato, secco come se tutto il suo corpo fosse squarciato. Ma nel dolore, lo voleva ancora.

Eppure Edgar era stato delicato e sembrava soffrire per lui, tanto che aspettò un poco prima di cominciare a muoversi piano.

Lentamente, come un fiore che sboccia, il dolore si aprì in un nucleo di piacere, e in un punto annidato dentro di sé Marvin si sentì, prima sconvolto e poi sempre più trascinato da una forza incontrollabile. Un'onda che cominciava a salire, a crescere, e non usciva da lui, ma entrava, diventava più profonda, come una radice di piacere che attraversava il suo corpo. E in tutto quello sentiva anche Edgar. Lo vedeva bello, eccitato, selvaggio, con quegli occhi che sembravano lame lucenti, e percepiva il suo pulsare e il suo godere a ogni movimento, come una scossa. Ogni affondo scavava nel suo corpo provocandogli un grande piacere.

Gridò, ma in realtà voleva piangere di gioia. Erano uniti, uniti! Non credeva che fosse così profondo, che un piacere tanto intimo potesse farli sentire un corpo solo, non credeva che in quegli istanti potesse davvero sentire che il corpo di Edgar era il suo, e i suoi capelli scuri spettinati sul viso, i suoi muscoli tesi, la sua pelle candida, le sue labbra arrossate, delicate come petali, potessero appartenergli. Ed Edgar che lo stringeva, lo baciava, lo mordeva, e lo riempiva, era emozionato quanto lui.

Capì che l'onda stava per infrangersi, che il piacere sarebbe esploso nel suo corpo. Accadde quando la mano di Edgar avvolse il suo sesso, scivolando sulla sua punta, allo stesso ritmo delle spinte che affondavano dentro di lui.

Marvin gridò, e non ricordò più nulla. Dopo, anche i gemiti di Edgar sgorgarono sulla sua spalla, dove nell'ultimo abbraccio aveva posato le braccia. E mentre sentiva il caldo sperma di Edgar entrare nel suo corpo, Marvin venne copiosamente nella sua mano.

Dopo essersi rivestiti, si addormentarono felici sul divano.

Capitolo 7

Si svegliarono molto presto, erano ancora abbracciati.

«Dolce! Sei così dolce!» gli sussussò Edgar prima di baciarlo ancora. La pressione delle sue labbra aumentò lentamente.

Marvin, riverso sui cuscini del divano lo attirò a sé, gli passò le dita affusolate fra i capelli, gli accarezzò il collo e la nuca, suscitando in Edgar ondate di desiderio febbrile.

Edgar fu su di lui. Lo sentì tremare mentre ricambiava i suoi baci con ardore, gemendo appena.

«Marvin… Oh, Marvin,» mormorò con voce spezzata e rauca. In quel momento lo desiderava come non aveva mai desiderato nessun altro. Il suo corpo morbido e pieno lo eccitava fino al parossismo, come nessun altro lo aveva eccitato prima di allora. Lo aveva durissimo e lo desiderava ancora. Incapace di resistere prese a togliergli la maglia.

«Oh, Edgar!» gemette il ragazzo quando con un gesto rapido e deciso gli tolse la maglietta e la lasciò cadere a terra accanto al divano. Sopraffatto dall'emozione Marvin lo baciò nuovamente, mentre il cuore gli batteva in gola e tutto il suo essere era teso verso di lui.

«Devo vederti, devo toccarti dappertutto! Lo sento sei eccitato anche tu,» sospirò Edgar.

Marvin si sentiva indifeso, vulnerabile e quella sua vulnerabilità era una sensazione nuova che lo esaltava. I grandi occhi grigi di Edgar lampeggiavano di passione.

Edgar prese a stuzzicargli i capezzoli fino a quando non li sentì inturgiditi sotto il suo tocco. Marvin chiuse gli occhi, gemendo, in preda a un'estasi meravigliosa, travolgente, a un languore fremente che gli dilagava per tutto il corpo. «Baciami ancora!» lo supplicò con voce appena percettibile.

Edgar lo baciò di nuovo lasciandosi andare su di lui con tutto il suo peso. Marvin rabbrividì nel sentire il membro eccitato di Edgar spingere sul suo.

Avvertì la prepotenza del suo desiderio e si sentì trascinare dalla medesima passione. Edgar l'amava, lo desiderava, lo voleva e Marvin era pronto a dargli quell'amore con tutto se stesso. Lo allontanò per abbassargli gli slip ed accarezzargli il torace nudo.

«Oh sì. Sì!» sussurrò quando Edgar si abbassò per baciargli i capezzoli, toccandoglieli con la lingua, mordicchiandoglieli. Dopo qualche istante Edgar gli tolse del tutto gli slip lasciandolo completamente nudo. Marvin alzò i fianchi per facilitargli il compito. Quando Edgar, gli accarezzò il membro già eccitato, i muscoli del ragazzo si tesero istintivamente. Si sentiva felice come non lo era mai stato prima d'allora.

Improvvisamente Edgar fu scosso da un lungo vibrante fremito. Gli prese il viso fra le mani e lo fissò. Sentiva che il suo desiderio si stava facendo irresistibile. «Ho bisogno di te e tu lo sai. Ma non sono venuto in Texas preparato ad avventure amorose. Voglio stare con te, Marvin. Dio solo sa quanto lo desidero.

«Anche io ti desidero tanto e ti voglio donare tutto di me.» Edgar parve sollevato. «Allora è questa la tua risposta?»

Marvin lo guardò con aria interrogativa. «La risposta a quale domanda?»

«Lo sai a quale domanda, stupido. Vuoi venire di sopra con me adesso?»

Per un'infinitesimale frazione di secondo, Marvin sentì che il cuore gli si fermava mentre il sangue gli rombava nelle orecchie. Incapace di parlare, annuì.

«Sì?» volle essere sicuro.

«Sì,» rispose Marvin cingendogli il collo con le braccia.

Edgar lo sollevò e lo portò di sopra. Passò davanti alla stanza di Daryl, entrò nella sua e si chiuse la porta alle spalle con un piede. Portò Marvin a letto e ve l'adagiò teneramente. Accese la luce sul comodino. Quando si fermò rimase immobile per qualche istante a guardarlo, lasciando che il suo sguardo vagasse lentamente sul suo corpo. Marvin si sentì invadere da una dolce sensazione di calore.

«Vuoi che vada giù ad accendere il camino? Babbo Natale può fare a meno di adoperarlo» fece Edgar con voce colma di tenerezza. «Non ce n'è bisogno, non ho freddo.»

«E ne avrai ancora di meno fra poco,» gli promise. Così con la camicia sbottonata, i capelli spettinati, Edgar aveva un'aria ancora più virile, più eccitante. Marvin fremette nell'attesa mentre Edgar si spogliava. Quando lo vide completamente nudo si sentì afferrare da un vago senso di incertezza che però, ben presto, svanì.

Edgar si sdraiò accanto e gli si strinse contro, aderendo a lui, mettendogli le braccia alla vita mentre con le labbra cercava la sua bocca. Marvin adorava sentirlo così vicino, accarezzarlo ed essere accarezzato. I loro membri venivano carezzati e tutti e due stavano impazzendo di desiderio quando Edgar strofinò tra di loro le due punte umide.

Marvin gli sfiorò con dolcezza le spalle, la schiena, poi insinuò le mani fra di loro per accarezzargli il torace, il ventre. Il membro era duro e lo prese in mano muovendolo piano. Sentì i muscoli di Edgar guizzare, contrarsi sotto le sue carezze e questo gli diede un senso di estasiata meraviglia.

«Mio dolce Marvin!» mormorò Edgar sulla sua bocca.

Si desideravano entrambi alla follia e ripresero a baciarsi sempre più appassionatamente, più profondamente.

Marvin si allontanò appena e allungò un braccio verso il comodino per spegnere la luce.

Edgar lo fermò. «Ti prego, non farlo! Voglio vederti, voglio guardarti negli occhi mentre…»

«Oh, Edgar!»

«Ti vergogni?»

«Forse un po'.» Marvin tentò di sorridere. «Veramente, ci conosciamo da così poco tempo... Anche se abbiamo già fatto...»

«Eppure io ti sento così vicino come se ti conoscessi da sempre,» mormorò Edgar prendendogli il viso fra le mani e guardandolo teneramente. «E mi sembra di aver passato una vita intera ad aspettare te, ad aspettare quello che abbiamo fatto ieri sera, e quello che faremo stanotte! E sono sicuro che è lo stesso anche per te.»

Aveva ragione, Marvin se ne rese conto e tutti i dubbi si dissolsero. Sparì quel lieve senso di vergogna che aveva avvertito poco prima. Respirando affannosamente, sfiorò con le dita quel viso tanto amato, seguendone delicatamente i lineamenti.

Edgar sorrise. «Ieri è andato tutto bene. Ti vergogni ancora, Marvin?»

«No, io...»

Non lo lasciò continuare, lo fece tacere con un altro bacio al quale Marvin rispose con uno slancio e una passione che lo sconvolsero. Non si sarebbe mai stancato di Marvin. Mai.

«Marvin...» mormorò mentre gli tempestava il viso di piccoli baci leggeri, sulle tempie, sulla fronte, sulle guance, sul piccolo mento deciso. Poi smise e lo guardò ancora una volta in quei grandi occhi. Per un lungo attimo si fissarono e attraverso i loro sguardi fluì dall'uno all'altro una lacerante sensazione di piacere.

Perduto in lui, vinto dall'incredibile potere dell'amore, Marvin sussurrò ripetutamente il suo nome, mentre Edgar con un dito seguiva la linea della bocca. Un breve sorriso di felicità gli sfuggì quando Edgar gli indirizzò un trepidante, tenero sorriso.

Marvin era pronto a essere suo per la seconda volta, quando Edgar prese ad accarezzarlo per tutto il corpo gli sembrò di essere sul punto di svenire. Gli parve di non poter resistere e, istintivame, si irrigidì.

«Rilassati!» Lo invitò Edgar. «Abbandonati, amore mio.» E Marvin preso dal desiderio gli prese il membro e cominciò a leccarlo come se fosse un gelato, mentre le mani cominciarono a giocare con i testicoli.

«Sono pronto,» sussurrò Edgar e lo penetrò. Entrò in lui lentamente, dolcemente continuando a guardarlo negli occhi.» Va bene?»

«È meraviglioso!»

«E tu così morbido, accogliente, caldo, Marvin, così stretto.»

Dapprima Edgar si mosse a un ritmo lento, voleva che fosse pronto per partecipare pienamente a quell'atto d'amore. Dopo qualche istante Marvin prese a muoversi, adeguandosi al ritmo di lui, continuando a fissarlo. «Edgar…» mormorò e gli offrì le labbra.

Le loro bocche si unirono mentre il ritmo di quel magico amplesso si fece via via più veloce. Marvin si contorse inarcandosi contro di lui, poi riversò la testa all'indietro gemendo. «Oh sì… Sì…Dai… Sì, Edgar così…»

«Marvin,» mormorò Edgar muovendosi più rapidamente, sempre più forte. Avrebbe voluto continuare ancora, prolungare quel momento divino, ma non resistette.

Entrambi furono travolti da un'estasi tumultuosa, esaltante, meravigliosa.

Un attimo più tardi giacquero uno accanto all'altro vicini, tutti e due sullo stesso cuscino. Lentamente il loro respiro ritornò a essere normale. Edgar gli fece scorrere una mano sulle spalle, «Sei stato meraviglioso!»

Marvin gli fece una dolcissima carezza sul viso. «Buon Natale, Edgar.» Lui sorrise.

«A cosa pensi?» chiese Marvin incuriosito.

«Penso che difficilmente potremo dimenticare questo Natale.»

«Lo credo anche io!» commentò Marvin.

«Tu hai fatto di questo Natale una festa incredibile, tesoro mio. Sono le vacanze più belle che abbia mai trascorso nella mia vita.»

Felice per quelle parole Marvin sorrise. Anche ora che il suo desiderio era soddisfatto continuava ad avvertire la necessità di toccarlo, di sentirlo. La sua mano corse sul suo petto caldo arrivandosi al membro, che seppur ormai soddisfatto e flaccido, era ugualmente un piacere da toccare. Edgar si allungò ai piedi del letto e tirò su la coperta. Nel silenzio della stanza gioirono di quel senso di appagata felicità, di totale intimità.

Dopo qualche istante Edgar si accorse che il respiro di Marvin andava facendosi più leggero e regolare, mentre la mano che accarezzava il membro, che nel frattempo si era ingrossato nuovamente, si era fermata. Capì che si stava addormentando e anche lui si sentiva pericolosamente vicino al sonno. «Si sta facendo tardi,» disse tirandosi su e appoggiandosi a un gomito. «Sarà meglio tornare al ranch a prendere Daryl.»

Marvin spalancò gli occhi borbottando qualcosa di incomprensibile, poi si svegliò del tutto e disse in tono scherzoso: «Hai l'abitudine di scaricare il tuo compagno dal tuo letto nel bel mezzo della notte dopo che...»

Edgar lo lasciò finire: «Non porto mai nessuno nel mio letto. Ecco perché Daryl non riesce a comprendere il mio rapporto fisico con te,» sbottò. «E i suoi sentimenti hanno per me la precedenza assoluta. Ecco perché vado a prenderlo. Adesso.»

Marvin lo fissò sbalordito da quella rabbia, da quella reazione che gli sembrava eccessiva. «So che devi tornare a prenderlo,» disse alla fine, «non sono stupido e sono sicuro che Daryl vorrà essere solo con te domattina quando scenderà per vedere cosa c'è sotto l'albero.»

«Oh, mi dispiace... Forse mi sono lasciato trasportare,» si scusò Edgar a voce bassa. «Immagino di essere iperprotettivo nei confronti di Daryl perché è così vulnerabile.»

«Lo so. E non vorrei mai fare qualcosa che lo ferisca...» Scese dal letto e raccolse le mutande. «Quasi tutti i miei vestiti sono in salotto. Hai per caso una vestaglia che io possa mettere mentre scendo per non morire di freddo?»

«Scendo a prenderli io i tuoi vestiti,» disse Edgar scendendo a sua volta dal letto.

Quando fu di ritorno Marvin si vestì rapidamente mentre lui faceva altrettanto. Parlarono pochissimo mentre scendevano le scale e si avviavano alla macchina.

Quella magica ora che avevano vissuto poco prima sembrava svanita.

Capitolo 8

Alle nove e mezza della mattina di Natale Daryl entrò precipitosamente in casa di Elaine e Denis. Indossava il costume da cowboy e aveva un sorriso orgoglioso e felice sulle labbra. Elaine, Denis e Marvin lo guardarono con smaccata ammirazione.

«Ehi, Daryl, adesso sembri un vero cowboy,» disse Marvin. «Te l'ha portato Babbo Natale quel magnifico costume?»

Il piccolo scosse la testa. «È il regalo del mio papà,» rispose mentre Edgar entrava in casa e, arricciando comicamente il naso, aggiunse: «Ma si è dimenticato il cappello.»

«Ne avrai uno prima di lasciare il Texas,» ribatté Edgar. «Te l'ho promesso, ricordi?»

«Oh, santo cielo, Edgar, ma come hai potuto dimenticare il cappello!» chiese Elaine ostentando grande stupore. «È la parte più importante dell'abbigliamento del cowboy.»

Frettolosamente Daryl snocciolò loro quali regali aveva ricevuto da Babbo Natale, ma era evidente che non vedeva l'ora di scoprire cosa ci fosse sotto l'albero di Elaine e Denis. Sedettero tutti sul grande tappeto chiacchierando e ridendo mentre aprivano i regali.

Daryl rimase a bocca spalancata quando, aperto il pacchetto di Marvin, trovò il cappello tanto desiderato. Emise un grido di gioia e se lo mise in testa. Edgar, sottovoce, gli disse: «Non credi che dovresti ringraziare Marvin per questo magnifico regalo?»

Daryl fece di meglio: gettò le braccia attorno al collo del ragazzo e gli stampò un grosso bacio su una guancia. Marvin, felice, lo strinse a sé. Non solo amava Edgar ma amava anche suo figlio, ed era soddisfatto: gli sembrava di aver fatto notevoli progressi con il piccolo.

Daryl fece ancora di più: concesse un bacio anche a Elaine quando aprì la grande scatola che conteneva una fattoria in miniatura che lei e Denis gli avevano regalato. Era una piccola fattoria con la stalla, il trattore, numerosi animali e una famiglia.

«È bellissima!» esclamò il piccolo. «Grazie.»

Quando tutti i regali furono aperti, naturalmente Daryl volle vedere cosa avevano ricevuto i grandi. Quando Marvin lo ringraziò per i guanti che lui ed Edgar gli avevano fatto trovare sotto l'albero, Daryl con la tranquilla innocenza dei bambini chiese: «Ma tu non hai fatto il regalo a papà?»

«Sì, me l'ha fatto,» rispose per lui Edgar. «Un bellissimo set con penna e matita. L'ho aperto ieri sera.»

Daryl sorrise, troppo eccitato per ricordarsi di protestare per essere stato escluso dall'aperura notturna dei regali.

Dopo il pranzo di mezzogiorno, la cui portata principale fu un enorme tacchino, Edgar riuscì a convincere Daryl a fare un sonnellino e lo accompagnò in camera da letto.

Elaine, Marvin e Denis rimasero in cucina a prendere un altro caffè. Denis ringraziò il fratello per il pullover che gli aveva regalato, ed Elaine lo ringraziò per la blusa di seta.

«Grazie a voi per lo stupendo pigiama che mi avete donato! Adoro il color avorio,» replicò Marvin. Poi sospirò profondamente e andò diretto all'argomento che gli stava a cuore. «Sono felice di avere quest'opportunità di parlarvi. Volevo chiedervi se stasera potreste badare per qualche ora a Daryl dopo che si sarà addormentato.»

Denis annuì. «Certamente. Cosa avete in programma per stasera tu ed Edgar?»

«Andiamo alla vecchia casa di Elaine, vorremo stare un po' da soli noi due.»

Una ruga si disegnò sulla fronte di Denis. «D'accordo. Quasi quasi me lo aspettavo,» ammise bruscamente. «Ma vorrei soltanto chiederti una cosa: sei sicuro di sapere quello che fai?»

Marvin rispose con franchezza: «Io lo amo!»

«E lui? Ti ama?»

«Gli sto a cuore.»

«Non è la stessa cosa.»

«Ma per adesso è sufficiente.»

«Ne sei sicuro?» Denis aveva un'espressione preoccupata. «Maledizione, Marvin, non voglio che ti facciano del male. Edgar è un uomo eccezionale e mi piace. Ma se ti fa soffrire…»

«Sopravviverò,» lo interruppe Marvin con dolcezza sorridendo ad entrambi. «Lo so che ti preoccupi per me e ne sono felice, ma non sono più un ragazzino, Denis. Devo vivere la mia vita.»

«Lo so!» borbottò il fratello. Dette un'occhiata a sua moglie. «Te l'avevo detto che non avremmo dovuto farli conoscere.»

Elaine gli mise un braccio alle spalle, «Marvin ha ragione. È un adulto ormai. Coraggio, tesoro, non vorrai continuare a fare il vecchio brontolone.»

La conversazione cessò nel momento in cui Edgar rientrò nella stanza, Denis lo fissò serio per qualche istante ma alla fine Elaine trovò una scusa per trascinarlo via.

«Glielo hai detto?» commentò Edgar sedendo al tavolo accanto a Marvin. Fece un sorriso riluttante. «A giudicare da come mi guardava tuo fratello, forse farei meglio a darmela a gambe. Ho l'impressione che sia andato a prendere il fucile.»

Ridendo Marvin scosse la testa. «Non arriverebbe mai a tanto! Ma sono contento di aver detto loro la verità.»

«Lo so, sei un ragazzo aperto e franco e queste sono due delle tante qualità per le quali mi piaci.»

«Non farti idee sbagliate. Anch'io ho qualche piccolo segreto. Tutti noi ne abbiamo. Ma voglio che la nostra relazione non sia una cosa clandestina, io non me ne vergogno.»

«É bello sentirtelo dire!» commentò Edgar chinandosi verso di lui e baciandolo appassionatamente.

Dopo il sonnellino pomeridiano Daryl giocò eccitato per tutto il pomeriggio e andò anche un paio di volte agli alloggiamenti dei braccianti e, alla fine, a cena non fece altro che sbadigliare, riuscendo a malapena a tenere gli occhi aperti. Quando Edgar lo portò a letto si addormentò di colpo.

Marvin e Edgar si spostarono alla vecchia casa di Elaine.

Prima di sedersi sul divano del salotto Marvin porse un bicchiere a Edgar. «Ho pensato che un drink ti avrebbe fatto piacere.»

«Soltanto se berrai con me!»

«D'accordo. Ma andando di questo passo non saremo in grado di finire la bottiglia prima della fine delle vacanze.»

«Non ho nessuna intenzione di riportarmi la bottiglia in aeroplano. Dal momento che tu torni ad Atlanta in macchina, cosa ne diresti di prenderla tu?» propose sedendogli accanto sul divano e, mettendogli una mano su un ginocchio, aggiunse: «In questo modo potresti avere qualcosa da offrirmi quando verrò a trovarti per i week-end.»

Tacquero silenziosi per qualche istante. Fu Marvin a rompere il silenzio. «Un altro Natale è quasi passato ed è stato particolarmente bello.»

«Mi fa piacere pensare che in qualche modo ho contribuito a renderlo tale,» replicò Edgar.

«Forse,» mormorò Marvin guardandolo, «ma è anche merito di Daryl. È stato stupendo avere un bambino al ranch per Natale. I bambini rendono l'atmosfera gioiosa, magica!»

Edgar portò il bicchiere alle labbra e bevve un sorso di scotch. «Daryl era eccitatissimo oggi. Sono sicuro che avrebbe strappato un sorriso persino al vecchio Callum.»

«È un bambino delizioso, nessuno può resistergli.»

«Eccetto sua madre!» fu la lapidaria risposta.

Gli occhi di Marvin si incupirono. «Oh mi dispiace. Edgar… Non volevo…»

«Lo so che non volevi,» lo interruppe lui mettendogli un dito sulle labbra. «Forse sono io che sono troppo suscettibile al riguardo.»

«Ma hai tutto il diritto di esserlo. Quando Daryl soffre, ci stai male anche tu. E il comportamento di sua madre gli ha procurato molto dolore e in un certo senso continua a dargliene. Ma forse comincia a rendersi conto che non tutte le persone giovani sono come quella donna. Quando mi ha abbracciato stamattina mi sono sentito pieno di gioia.»

Un tenero sorriso apparve sulle labbra di Edgar. «Me ne sono accorto.»

«Ho capito che finalmente Daryl comincia ad aver fiducia in me.»

«Infatti. E ha baciato anche Elaine. Ha fatto un grosso passo in avanti nella direzione giusta. Dal momento che ha fiducia in te, comincia a essere meno sospettoso nei confronti delle altre persone della tua età.»

«E mi sembra che mi si affezioni ogni giorno di più.»

«Questo perché tu non forzi. Lasci che sia sempre lui a fare il primo passo. Ma adesso basta con questo argomento. Non credi che anche il papà di Daryl abbia diritto a un po' di affetto?» Edgar appoggiò il suo bicchiere e preso il ragazzo fra le braccia, lo attirò a sé. «Fammelo sentire, eccolo, lo vedi anche tu sei eccitato.»

Quando le loro labbra si incontrarono Marvin si sentì sommergere da un'ondata di delizioso calore. Edgar avvertì il sangue scorrergli più velocemente nelle vene.

«Marvin,» mormorò selvaggiamente. «Ho bisogno di te. Ti voglio. Sentilo, toccalo. Ho troppa voglia di te.»

Quando con mano fremente Edgar prese ad accarezzargli i capezzoli, Marvin capì che quello era l'uomo giusto per lui. Portò la mano sopra i pantaloni di Edgar e cominciò ad accarezzare dove sentiva qualcosa di duro. Era attratto dal suo membro.

«Edgar, sei un maniaco sessuale!»

«Infatti!» Edgar gli mordicchiò un lobo. «Ma sei tu che mi fai essere così.»

Qualche minuto più tardi si alzò dal divano e l'aiutò a alzarsi. Insieme andarono di sopra e dopo essersi chiuso alle spalle la porta della camera da letto, caddero l'uno nelle braccia dell'altro.

Una luce particolare illuminò i loro occhi, si volevano, si desideravano. Edgar lo abbracciò con forza bloccandolo a letto, cercando le sue labbra. Marvin gemette piano rispondendo immediatamente a quel bacio profondo e totale.

Edgar voleva tutto, tutta la sua dolcezza, il miele delle sue labbra, la vellutata morbidezza della sua lingua che succhiava avidamente, come se volesse divorarlo. Intanto le mani alzarono la maglia e accarezzarono la sua pelle calda, la esploravano con foga trovando i capezzoli che si inturgidirono immediatamente.

«Edgar, ti prego, lo voglio adesso, lo voglio subito…»

Anche Edgar desiderava entrare dentro di lui, farlo suo e dimostragli il suo amore.

Desiderava sentire i suoi gemiti, la sua voce che lo implorava di farlo venire.

Edgar lasciò la sua bocca per assaggiare il sapore di quei capezzoli che non aveva smesso un attimo di tormentare, incominciò a succhiare con forza mentre spingeva i fianchi contro quelli di Marvin che ormai stava andando a fuoco, senza più ragione, né pensieri coerenti, un piacere senza nome che lo faceva mugolare incessantemente, mormorando parole inintelligibili.

Le mani di Edgar corsero sui bottoni dei jeans e li aprirono con frenesia infastiditi da quel contrattempo. Gli tolse il pantalone velocemente mentre la bocca scese lungo il corpo del ragazzo, arrivando al membro eccitato all'inverosimile. Avrebbe voluto leccarlo con calma, giocarci e godersi i gemiti della persona che amava ma non ce la fece. Lo ingoiò completamente facendolo sbattere in fondo alla gola, artigliandogli i glutei per spingerlo ancora più in profondità.

E mentre lui succhiava frenetico ogni centimetro di quella carne viva e pulsante, Marvin affondava le mani sulle sue spalle sorreggendosi, la mente ormai completamente piena di Edgar. Venne nella sua bocca quasi con dolore, tanto era intenso il piacere che stava provando ed Edgar ingoiò tutto, leccando perfino alcune gocce sparse per non perderne nemmeno una: era il frutto dell'amore di quel ragazzo che ormai amava più di ogni altra cosa.

Lo fece voltare con la fronte premuta contro il cuscino, gli apri i glutei lubrificandoli con la propria saliva.

Entrò in lui con un movimento solo, senza incertezze e titubanze. Con la mano soffocò il grido di piacere e dolore di Marvin che lo morse senza più controllo.

Edgar cominciò a muoversi dentro di lui velocemente, con forza, con passione.

Si morse le labbra per non urlare un piacere ormai incontrollabile e venne con tutta la sua anima, con tutto l'amore che aveva verso quel ragazzo che ormai lo aveva stregato.

La mano che masturbava Marvin si riempì del suo seme caldo mentre anche lui raggiunse il piacere più grande e completo fra le braccia dell'unica persona capace di farlo impazzire.

Edgar portò la mano alla bocca leccando quel meraviglioso nettare mentre scivolò fuori da Marvin, spossato ed esausto da un orgasmo così assoluto e grande da superare ogni fantasia e ricordo passato.

Ansimava pesantemente mentre cercava di riprendere le forze. Marvin lo abbracciò con tutta la tenerezza che non era mai riuscito a provare prima.

La mattina seguente quando Marvin si svegliò rimase per qualche istante a guardare il soffitto senza vederlo: ripensava alla notte appena trascorsa con Edgar, ai baci e alle carezze che si erano scambiati, a quell'amore meraviglioso che li aveva travolti. Tutti e due avrebbero preferito passare l'intera notte insieme ma, in quelle circostanze sarebbe stato impossibile. Non sarebbero mai stati in grado di spiegare la situazione a Daryl e non avrebbero mai voluto urtare i suoi sentimenti.

Ma Marvin si sentiva egualmente felice e fiducioso.

Canterellando scese dal letto e andò in bagno. Dieci minuti più tardi entrò in cucina dove trovò Elaine intenta a bere una tazza di caffè. In tono allegro annunciò: «Vorrei fare una sorpresa a Edgar e Daryl: gli preparerò una colazione fantastica.» Afferrò il giaccone, lo indossò rapidamente e uscì. In pochi minuti fu alla vecchia casa di Elaine ed entrò dalla porta posteriore.

In cucina prese a cantare una vecchia canzone d'amore mentre accendeva il forno e metteva sul fuoco l'acqua per il caffè istantaneo. Aprì il frigorifero e si rese conto che Elaine aveva pensato a tutto, se mai Edgar avesse deciso di fare uno spuntino serale o colazione prima che Daryl si svegliasse. C'erano uova, burro, un vasetto di marmellata di fragole e del prosciutto, in dispensa trovò anche del pane in cassetta.

Bevendo la sua prima tazza di caffè cominciò a fondere burro e prese a sbattere le uova.

Quando Edgar aprì la porta della cucina, qualche minuto più tardi, Marvin era chino sul forno. Silenziosamente gli si avvicinò, gli mise un braccio attorno alla vita e una mano sugli occhi. «Indovina chi è?»

Marvin sussultò poi sospirò di sollievo. «Babbo Natale.»

«Hai indovinato!» Lo fece girare e per una frazione di secondo si fissarono. Marvin gli mise le braccia attorno al collo e presero a baciarsi appassionatamente, l'uno stretto all'altro. Per un attimo Marvin aprì gli occhi e fu allora che vide sulla porta della cucina Daryl ancora in pigiama che li guardava con gli occhi sbarrati.

«Salve, cowboy,» esclamò Marvin tentando di scherzare. «Sei pronto per la colazione?»

«No! Smettetela!» gridò il piccolo. «Papà te l'ho detto. Non farlo… Non voglio!»

Edgar lasciò ricadere le braccia e si volse a guardare il bambino. «Adesso calmati e ascoltami. Io vorrei sapere…»

Non poté continuare. Il piccolo scappò in singhiozzi e di corsa salì le scale.

Preoccupati Edgar e Marvin lo seguirono.

Capitolo 9

Edgar salì i gradini a due a due seguito da Marvin. Daryl sbatté loro la porta in faccia, ma non si lasciarono intimidire. Entrarono. Il piccolo si era buttato sul letto a faccia in giù e si era coperto il viso con il lenzuolo.

«Cosa succede, Daryl?» chiese Edgar con dolcezza. Tentò di togliergli il lenzuolo dal viso ma il piccolo prese a singhiozzare più forte.

I due uomini si scambiarono uno sguardo pieno d'apprensione.

Edgar sedette sull'orlo del letto e disse: «D'accordo, resta lì sotto se vuoi per qualche minuto. Ma noi vogliamo egualmente sapere cosa c'è che non va.»

«Se non ci spieghi cosa c'è che non va», intervenne Marvin, «non saremo in grado di porvi rimedio.» Gli mise una mano sulla spalla e il piccolo si divincolò per allontanarsi da lui.

Marvin fece un passo indietro e disse in tono sconfortato a Edgar: «Forse è meglio che io me ne vada. Se siete soli parlerà.»

«Probabilmente è la cosa migliore.»

Marvin annuì e uscì. Ma anche dopo che se fu andato, Daryl continuò a piangere. Quando Edgar si accorse però che il pianto si faceva più debole esortò il figlio: «Andiamo, vieni fuori da lì. Noi non dobbiamo avere segreti, te lo ricordi? Devi dirmi cos'è che non va.»

Lentamente il piccolo si alzò. Aveva il visetto arrossato dalle lacrime ed era terribilmente imbronciato. Tirò sul col naso. «Io non voglio che tu lo faccia,» mormorò, «non mi piace!»

Edgar lo guardò interrogativamente. «Vuoi dire che non ti piace che io baci Marvin.»

«Proprio così,» rispose Daryl. «Non voglio che lo baci.»

«Ma perché no? Lo sai che mi piace.»

«Lo so.» Daryl si asciugò gli occhi con la mano. «Ma lui è mio amico e non può essere anche tuo.»

«Perché?»

«Perché no.»

«Questa non è una risposta,» lo rimbeccò Edgar con voce paziente. «E non capisco che cosa c'è non va. A te piace Marvin e per questo motivo non può piacere anche a me?»

La risposta del piccolo fu immediata. «Esatto… Non baciarlo più, papà.»

Edgar aggrottò le sopracciglia. «Ma perché?»

Il piccolo ripeté con testardaggine: «È mio amico. Io voglio che lui voglia bene solo a me.»

«Ma Marvin ti vuole un sacco di bene, ma perché non può volerne anche a me? E perché io non dovrei volerne a lui?»

Stringendosi nelle spalle Daryl tacque e Edgar capì che così non sarebbero arrivati a nessuna conclusione. Si chinò e baciò il figlio sulla fronte. «D'accordo ma ne riparleremo. Adesso vado a spiegare a Marvin perché piangevi. Lo sai che si preoccupa molto per te.»

Quando entrò in cucina, Marvin gli si precipitò incontro. Era visibilmente angosciato. «Che cosa lo ha così colpito, Edgar? Perché ha reagito in quel modo?»

Sospirando Edgar gli accarezzò i capelli. «Non me l'ha detto chiaramente. Ma pensa che tu non possa essere amico di entrambi contemporaneamente.»

«E tu cosa gli hai risposto?»

«Che lui dovrebbe essere felice se noi ci vogliamo bene, ma questo argomento non l'ha convinto.»

«Forse è nell'età in cui comincia a sentirsi rivale del padre, ma sono la prima persona alla quale concede affetto e fiducia e magari pensa che tu mi allontani da lui.»

«Forse!» ammise Edgar perplesso. «Ma ho l'impressione che ci sia anche qualcos'altro che lo tormenti.»

Marvin avvertì una profonda pena nella voce dell'uomo.

«Mi dispiace, Edgar,» sussurrò.

«Non è colpa tua.»

«Lo so, ma mi sento ugualmente colpevole. Forse dovrei andare di sopra a parlargli.»

«Non credo proprio che sia il momento adatto. Forse più tardi.»

«Hai ragione. Credo che la cosa migliore per me adesso sia quella di tornare al ranch.» Prese il giaccone e se lo infilò.

Quando fu sulla porta Edgar lo fermò. Il ragazzo si volse. «Marvin» sussurrò dolcemente, «questo non cambia niente fra noi.»

«Naturalmente no. Lo so,» replicò Marvin tentando di sorridere. Ma mentre tornava al ranch aveva impresso nella mente il piccolo viso disperato di Daryl e le sue lacrime. Era un bambino così adorabile e vulnerabile! In quel momento si domandò se per caso il rapporto che aveva cominciato a instaurare con lui non fosse definitivamente compromesso.

Marvin non aveva nessuna ragione di essere preoccupato. Durante i successivi quattro giorni Daryl gli fu sempre vicino come fosse legato a lui da un filo invisibile. Sebbene Marvin tentasse qualche volta di intavolare una discussione sui suoi rapporti con il padre, il piccolo lo ignorava completamente e cambiava argomento. Alla fine decise di non indagare oltre. Con sua grande sorpresa Daryl sembrava gli volesse ancora più bene di prima. L'abbracciava più di frequente e lo baciò persino tre o quattro volte. Quando era solo con Marvin sembrava perfettamente felice. Ma quando Edgar si univa a loro allora faceva di tutto per mettersi in mezzo, chiacchierando, domandando, esigendo la loro attenzione, il che praticamente era una maniera per tenerli separati. E quando non poteva stare con Marvin allora si allontanava dal padre quasi volesse assicurarsi che lui non si avvicinasse a Marvin.

Per quanto Marvin amasse Daryl, desiderava trascorrere anche del tempo da solo con Edgar. Ma non fu possibile. La sera, quando li accompagnava alla vecchia casa di Elaine, Daryl riusciva a stare sveglio fino a quando lui non ritornava al ranch. Era teso come una corda di violino e talvolta sorprendeva uno sguardo negli occhi di Edgar che gli rivelava quanto anche lui fosse nervoso e desiderasse rimanere solo con Marvin. I giorni passavano troppo rapidamente, la loro vacanza stava per finire. Presto lui sarebbe tornato a New York e Marvin ad Atlanta e la distanza fra quelle due città sembrava diventare sempre maggiore.

Il venerdì pomeriggio Edgar trovò Marvin solo nel soggiorno. Leggeva. Entrò e si chiuse rapidamente la porta alle spalle. Marvin lo guardò stupito.

«Come hai fatto a staccarti da Daryl?»

«Oggi non è riuscito a fare il sonnellino pomeridiano con un occhio solo. Sono sere che fa tardi!» Sedette accanto a lui nel divano. «Non credevo che avrebbe resistito tanto. Avevo sperato che, dopo un paio di giorni, avrebbe finito per accettare il fatto che qualche volta vogliamo stare insieme da soli. Ma niente da fare.»

Marvin appoggiò il libro sul tavolino. «Non capisco. Vuole bene a entrambi, ma non vuole che ci amiamo. Sei riuscito a capirci qualcosa di più?»

«Macché. Tutte le volte che tento di parlarne, lui cambia argomento. Come posso sapere quello che gli passa per la testa?»

«Non devi biasimarti,» disse Marvin tentando di consolarlo.

«E adesso si è messo a fare lo chaperon.» Edgar sorrise sarcasticamente. Gli prese una mano fra le sue. «Questo non è quello che avevo in mente per la nostra ultima settimana di vacanza. Ma almeno siamo soli adesso!» aggiunse baciandogli il palmo della mano. «Forse dovremmo approfittarne!»

«In che modo?» chiese Marvin con un sorrisetto.

«Un po' di questo…» Edgar lo baciò e lo prese sulle ginocchia, accarezzandogli il membro. «E un po' di questo…» Con l'altra mano gli accarezzò il petto, andando a stuzzicargli un capezzolo.

Marvin era felice di essergli così vicino. Daryl li aveva tenuti lontano per quattro lunghissimi giorni, gli erano sembrati mesi, e adesso era meraviglioso essere di nuovo fra le braccia dell'uomo che amava.

«Quanto mi sei mancato,» gli sussurrò baciandolo.

«Anche tu mi sei mancato!» replicò Edgar baciandolo a sua volta ardentemente. Gli passò le braccia attorno al collo, lo strinse a sé, gemette quando sentì la sua mano insinuarsi sotto la camicia: fu sopraffatto da un'ondata di desiderio.

«Marvin,» mormorò con voce rauca.

Si inarcò contrò di lui avvertendo un'ondata di piacere che lo sommergeva. Quando la mano di Edgar sbottonò tutta la camicia, per un attimo gli sembrò di svenire, ma si riprese. «È... È meglio che la smettiamo. Non dimentichiamoci dove siamo. Daryl potrebbe svegliarsi e venire qui.»

«Non lo farà. Dorme come un ghiro. Marvin, ho bisogno di te. Ti voglio.»

«Anche io ti voglio. Ma questo non è il luogo né il momento.» Lo baciò appassionatamente un'altra volta, prima di respingerlo e alzarsi.

«Marvin!» La voce di Edgar era implorante.

Il giovane scosse la testa. «No... Edgar. Non qui. Non posso. È casa di mio fratello, Elaine e Daryl sono qui. Io... Io ho bisogno di privacy.»

Gli occhi grigi di Edgar si illuminarono. «Potremmo andare a casa di Elaine.»

La tentazione era forte ma Marvin riuscì ugualmente a resistere. «E cosa succederebbe se Daryl si svegliasse mentre non ci siamo? Ci troveremo a dover fronteggiare un'altra crisi.»

«Ma perché devi sempre aver ragione?» chiese Edgar scherzosamente. «Tutto questo finirà, quando verrò ad Atlanta a trovarti.»

Marvin deglutì faticosamente, improvvisamente sommerso da un mare di incertezze sui sentimenti di Edgar. Lo guardò e dopo un istante disse esitando: «Ascolta...» Parlava a voce bassa. «So che hai detto che verrai a trovarmi ad Atlanta ma... Ma se, una volta tornato a New York, dovessi cambiare idea, io voglio che tu sappia...»

La voce gli venne meno sotto lo sguardo improvvisamente gelido di Edgar. «Sarebbe una maniera elegante per dirmi che non vuoi che io venga a trovarti?»

«No! Naturalmente no. Come puoi pensare una cosa simile?» esclamò Marvin con aria preoccupata. «Sto soltanto tentando di darti un modo di toglierti da questa situazione, se mai tu lo volessi.»

«Forse sei tu che vuoi toglierti da questa situazione,» ribatté Edgar con voce dura. «Forse sei tu che hai cambiato idea e hai deciso che è troppo faticoso avere una relazione con un uomo che ha un bambino che crea delle complicazioni.»

«Questa è la cosa più cattiva che tu potessi dirmi, soprattutto perché sai che non è affatto vero,» replicò Marvin mentre le guance gli si colorivano per la rabbia. «Ho tentato e con molta buona volontà di andare incontro a Daryl, di superare le sue incertezze.»

«Ma ogni tanto perdi la pazienza con lui.»

«Qualche volta. È vero. Ma anche tu!»

«Sì, anche io. Sono solo un essere umano. Ma sono più paziente e disponibile nei suoi confronti e forse tu invece non lo sei...»

«Oh, Edgar...» Non riuscì a dire le parole che veramente esprimevano i suoi sentimenti e si limitò a mormorare: «Edgar... Lo sai che mi sei molto caro.»

«Anche tu Marvin... Mi sei caro e moltissimo. Ma io devo sapere se vuoi rivedermi dopo... Quando ce ne saremo andati di qui.»

«Sei tu che devi deciderlo.»

«Questa è una risposta molto evasiva, maledizione!» imprecò alzandosi. Lo guardò per un attimo con uno sguardo impenetrabile e disse con voce vibrante: «Fammi sapere la tua decisione prima della nostra partenza.»

Un singhiozzo gli salì alla gola vedendolo girarsi senza aggiungere altro e uscire dal soggiorno. Le lacrime gli offuscarono gli occhi, ma si rifiutò di abbandonarsi al pianto. Aveva chiesto a Edgar di essere assicurato e lui invece si era mostrato ostile e aveva male interpretato ogni sua parola. Ma era veramente così o piuttosto aveva preso la palla al balzo per troncare la loro relazione? Quell'idea lo raggelò facendogli improvvisamente avvertire un gran senso di vuoto e un amaro nodo alla gola. Si lasciò andare sul divano e seppellì il viso nel cuscino.

Passando attraverso la cucina Edgar mormorò un'imprecazione sottovoce. Scosse la testa, le mascelle contratte, i pugni stretti. Aveva tentato con tutto se stesso di mandare avanti il matrimonio con Margot, se non altro per amore di Daryl, ma alla fine lei si era rivelata per quello che era lasciandolo e abbandonando il suo unico bambino senza nemmeno voltarsi indietro. Quell'esperienza non gli era certo servita per apprezzare chi gli stava vicino in generale. Ma aveva creduto che Marvin fosse diverso. Adesso non ne era più sicuro. Ma di una cosa era certo: non gli sarebbe corso dietro. Se Marvin sentiva qualcosa per lui, se veramente significava qualcosa per lui, allora avrebbe dovuto essere lui a fare il primo passo!

Capitolo 10

Marvin non poté rimanere al ranch per festeggiare il Capodanno. Dal momento che la festa cadeva di domenica e ad Atlanta le scuole riaprivano il lunedì, fu costretto a mettersi in viaggio il sabato mattina, di buon'ora.

Dopo aver sistemato i suoi bagagli in macchina, andò agli alloggiamenti dei braccianti a salutare Sloane, Cedric, Bernie e gli altri. Quando tornò anche Edgar e Daryl erano arrivati per salutarlo insieme a Denis e a Elaine.

«Mi sarebbe piaciuto restare fino a domani!» mormorò aggiustandosi la sciarpa attorno al collo mentre il vento gli scompigliava i capelli.

Denis guardò il cielo nuvoloso. «Nuvole scure, non promettono niente di buono. Sembra addirittura che voglia nevicare.» Lo fissò con uno sguardo affettuoso. «Tu non sei attrezzato per la neve, non hai i copertoni adatti quindi se incontri il maltempo fermati subito e aspetta che le strade siano percorribili.»

«Lo farò, lo prometto.»

«E non ti sognare di fare tutto il tragitto da qui fino ad Atlanta senza interruzioni. Stanotte fermati in un motel.»

«Sì, papà!» scherzò Marvin abbracciandolo affettuosamente. Quindi abbracciò e baciò Elaine.

«Fa buon viaggio!» Gli disse la cognata. «Ho messo dei panini e dei dolcetti in macchina in modo che tu possa avere qualcosa da sgranocchiare lungo la strada.»

Sorridendo Marvin si voltò verso Daryl e si chinò davanti a lui. «Ciao cowboy. Dammi un grosso abbraccio che mi terrà caldo per tutto il viaggio.»

Senza esitare il piccolo l'abbracciò con tale forza che Marvin riuscì a malapena a respirare. Quando lo lasciò Marvin lo baciò sulla fronte e lui sulle guance. Alla fine si trovò di fronte a Edgar che lo fissava con il solito sguardo impenetrabile con il quale aveva seguito ogni sua mossa in quegli ultimi giorni. Non avevano più avuto alcuna opportunità di parlare da soli.

Denis e Elaine si allontanarono con discrezione sollecitando Daryl ad andare con loro. Marvin sentì che doveva dire qualcosa per impedire che la loro relazione terminasse così, senza una spiegazione, in quel terribile silenzio.

«Edgar… Io…» esordì a voce bassa.

«Aspetta, Marvin, aspetta!» gridò all'improvviso Daryl frapponendosi fra Marvin e suo padre. Tentò di allontanarli l'uno dall'altra e pretese da lui un altro bacio, un altro abbraccio.

«Posso venire a trovarti ad Atlanta?» gli chiese sottovoce in un orecchio mentre Marvin lo sollevava da terra. «Posso, vero?»

«Mi sembra una buona idea,» sussurrò Marvin in risposta. «Ma devi sentire cosa ne dice il tuo papà.»

«Marvin dice che posso andare ad Atlanta a trovarlo,» fece il piccolo esultante voltandosi verso il padre. «Posso andare, papà?»

Continuando a fissarlo Edgar disse in tono noncurante: «Vedremo, Daryl, vedremo.»

«Ma Marvin vuole che io vada. E io sono abbastanza grande per prendere l'aereo da solo.»

«Forse non abbastanza grande per quello, » commentò Marvin. «Il tuo papà potrebbe venire con te… Accompagnarti.»

«No!» Il piccolo scosse enfaticamente la testa.

«Ne parleremo più tardi,» decretò Edgar facendo tacere il figlio con uno sguardo severo. Poi aprì lo sportello dell'auto per Marvin e si chinò a guardarlo quando lui si fu sistemato al volante. «Cosa avevi cominciato a dire?»

«Soltanto che io…» iniziò, poi fece un leggero sospiro quando Daryl infilò la testa sotto il braccio del padre per sorridergli ancora. Marvin alzò la mano in un gesto rassegnato. «Questo non mi sembra il momento migliore. Puoi rendertene conto da solo, Edgar. Ti scriverò.»

«Bene!» ribatté l'altro con voce incolore. Si fece indietro tenendo Daryl per mano e gli chiuse lo sportello. Dopo essersi allacciato la cintura di sicurezza, Marvin inserì la chiave e mise in moto. Agitando la mano in segno di saluto si avviò per la strada con gli occhi che gli bruciavano per la voglia di piangere. Sebbene fosse sempre stato felice della sua indipendenza ad Atlanta, pure il lasciare il ranch l'aveva rattristato. Ma questa volta partire era stato terribile. Non lasciava soltanto la sua vecchia casa natale, ma lasciava Edgar. Lo amava. Quando stava per immettersi sulla strada statale si volse indietro e gli gettò uno sguardo domandandosi con il cuore stretto se lo avrebbe rivisto ancora.

Nove giorni più tardi Edgar stava cercando nervosamente una pratica fra le tante che si erano accatastate sulla sua scrivania. Non la trovava. Quando Robert, il suo assistente, entrò, domandò in tono brusco al giovanotto: «Si può sapere dove diavolo è il contratto Compton? Paul aveva promesso di firmarlo e di rimandarcelo immediatamente. Dove è andato a finire?»

Robert, un ragazzo pacifico, si limitò ad allargare le braccia. «Non è ancora arrivato!»

«Stupendo!» esclamò Edgar corrugando la fronte. «Hai controllato la posta di oggi?»

«Ho appena finito e il contratto non c'è. Ma tu conosci com'è Paul!»

«Maledizione! Non ci si può proprio fidare di lui. Troppo occupato dietro alle donne. Chiamalo al telefono, Robert, è ora che gli faccia un bel discorso.»

«D'accordo!» Robert girò sui tacchi e uscì dall'ufficio.

Quando fu solo Edgar si lasciò andare all'indietro contro lo schienale della sua sedia girando e rigirando una matita fra le mani, Marvin aveva detto che avrebbe scritto ma non aveva ancora ricevuto nulla e stava cominciando a temere che il giovane non avrebbe mantenuto la sua promessa. Si era perfino imposto di dimenticarlo ma era tutt'altro che facile e non solo perché Daryl parlava di lui ogni giorno, ma perché anche lui non poteva fare a meno di pensare a Marvin. Era quel genere di ragazzo che non si dimenticava facilmente.

Avrebbe voluto avere sue notizie, vederlo di nuovo anche se Daryl era ben deciso a complicare le cose fra loro. Se soltanto lo avesse voluto sarebbero di certo stati in grado di risolvere quel problema. Ma sembrava che Marvin non ne avesse alcuna intensione.

«Maledizione!» esclamò Edgar a voce alta, battendo un pugno sulla scrivania e facendo rimbalzare penne e matite nel portapenne. Un minuto più tardi, quando Robert lo mise in comunicazione con Paul Compton, inveì contro il suo interlocutore esigendo il contratto firmato entro la fine della settimana. Dopo aver riattaccato il telefono Edgar scosse la testa. Doveva fare qualcosa, non poteva continuare ad essere sempre così teso, doveva controllarsi. In quel momento suo padre si affacciò alla porta.

«Sei troppo occupato per una chiacchierata?»

«No, vieni. Cos'hai in mente?»

«Che strano! È proprio la domanda che intendevo farti io!» disse l'uomo anziano sedendo davanti alla scrivania. La somiglianza fra padre e figlio era evidente: con tutta probabilità Edgar sarebbe stato identico al genitore da lì a trent'anni. Gli stessi capelli bianchi, piuttosto radi, ma gli stessi occhi ancora vivi e pieni di sensibilità. Guardando Edgar, il padre chiese: «Allora qual è il problema? Ho saputo che quest'ultima settimana non hai fatto altro che tartassare i nostri impiegati. E tua madre mi ha riferito che le hai persino risposto bruscamente, forse un po' troppo bruscamente. Cosa succede? Problemi di cuore?»

Una specie di sorriso si disegnò sulle labbra di Edgar. «E come l'hai indovinato?»

«Qualcuna che conosco?»

«No, papà, Non è una donna.»

«Non importa figliolo, va dove ti porta il cuore, per noi sei sempre il nostro adorato figliolo.»

«È il cognato di Elaine. Era al ranch quando io e Daryl siamo andati là e fra noi è nato subito qualcosa.»

«Qualcosa di importante!»

«Sì, importante!»

«E qual è il problema?»

«Daryl, tanto per cominciare, adora Marvin ma non accetta nessun legame sentimentale fra noi.»

«Ah capisco… È il tizio di cui non ha fatto altro che parlare per tutto il week-end scorso? Ma se l'adora perché…»

«Accidenti, papà, vorrei tanto saperlo. Ma non me lo vuol dire. Non vuole assolutamente che io abbia a che fare con Marvin.»

«Sono sicuro che con un po' di pazienza potresti fargli cambiare idea.»

«Ho cercato di farlo capire a Marvin.»

Bruce Austin corrugò la fronte. «Ma a lui piace Daryl?»

«Lo adora, ma è stato lui che ha proposto di non vederci dal momento che la nostra relazione lo sconvolge. E francamente, papà, non sono nello stato d'animo di tentare di convincerlo. Ne ho avuto abbastanza quando ho provato a convincere Margot.»

«Margot?» Sul viso di Bruce apparve un'espressione di derisione. «Ma non ci sono molte persone come lei. Pochissimi avrebbero avuto il coraggio di lasciare un figlio di tre anni. Ma penso che questo ragazzo non assomigli per niente alla tua ex moglie.»

«Infatti.»

«Allora?»

«Allora…» Edgar tacque per un istante e sorrise, finalmente un sorriso vero. «Credo che dovrò essere io a fare il prossimo passo. Sono tre giorni che penso di chiamarlo e adesso lo farò.»

Con un largo sorriso che dimostrava tutta la sua approvazione Bruce Austin si alzò e si avviò alla porta.

«Grazie, papà.»

«Per cosa?»

«Per il consiglio.»

«Io non ti ho dato nessun consiglio. Tu avevi già deciso di chiamarlo,» disse l'uomo uscendo.

Era vero. Edgar lo sapeva e sorrise mentre impazientemente sfogliava l'elenco telefonico per trovare il prefisso di Atlanta. Stava per sollevare il telefono quando si ricordò che con tutta probabilità Marvin non era ancora tornato a casa dalla scuola. Riprese a lavorare: avrebbe telefonato più tardi.

Meno di un quarto d'ora dopo Robert arrivò, si fermò sulla porta e si schiarì la voce. Entrò e si avvicinò alla scrivania. «Questi sono per te.»

Edgar alzò la testa e poi la scosse incredulo. «Dei fiori! Deve esserci un errore. Nessuno manderebbe dei fiori.»

«Nessun errore. Qualcuno te li ha mandati.»

«Ma chi?»

«Non mi sono permesso di leggere il biglietto,» si scusò Robert posando il vaso di fiori sulla scrivania, con un sorrisetto allusivo. «Penso si tratti di qualcosa molto personale.» E uscì dall'ufficio senza aggiungere altro.

Edgar si affrettò a leggere il biglietto. Il messaggio era semplice: "Se ti interessa ancora…" Seguito da un numero di telefono con il prefisso di Atlanta.

Quel venerdì sera quando il campanello della porta suonò, Marvin sentì il suo cuore scatenarsi. Rapidamente si aggiustò la camicia che indossava e andò ad aprire.

Edgar era lì, sotto il portico. Facendogli cenno di entrare, disse a voce bassa: «Sei in orario perfetto!»

«Ho fatto un certo discorso al pilota. Gli ho detto che avevo un appuntamento alle sette e mezza e non intendevo fare tardi.»

In quel momento si rese conto che Edgar era ancora sulla porta con la valigia in mano e non lo aveva nemmeno invitato a entrare in casa. Era nervoso, gli sembrava di essere stato settimane, *no forse erano mesi* senza vederlo e, quando l'altro l'aveva chiamato il martedì precedente per dirgli che sarebbe stato ad Atlanta per il weekend, avevano parlato soltanto per qualche minuto. Finalmente Edgar era lì, vicino a lui e anche il solo guardarlo era una gioia. Si fece da parte e lo fece entrare.

«Sediamoci», suggerì conducendolo al divano ricoperto di lino color crema ravvivato da irregolari strisce blu.

«Che bella stanza!» disse Edgar, osservando il soggiorno. «Mi piace la tua casa.» Sedette accanto a lui.

«Ti ringrazio. È piccola, soltanto due stanze, ma per me è sufficiente.»

I loro occhi si incontrarono ed entrambi scoppiarono a ridere contemporaneamente. Lui allungò una mano e Marvin fu subito tra sue braccia.

«È pazzesco!» esclamò Edgar. «Ci stiamo comportando come se ci vedessimo oggi per la prima volta.»

«Oh Edgar...» mormorò Marvin con il viso contro il suo petto. «Mi sei mancato terribilmente.»

«Anche tu... Moltissimo!» replicò prendendogli il viso fra le mani. Si baciarono appassionatamente per qualche minuto. Poi Edgar si fece indietro per dire: «Adesso che abbiamo ristabilito i normali rapporti, possiamo rilassarci!»

«Certo! Puoi metterti anche più comodo,» suggerì Marvin allentandogli il nodo della cravatta di seta. «Perché non te la togli? E perché non togli anche la giacca?» Edgar obbedì rapidamente e Marvin gli slacciò il bottone del colletto mentre si arrotolava le maniche.

«Adesso,» commentò Marvin. «Non si direbbe proprio che sei qui in veste di uomo d'affari.»

Edgar gli lanciò uno sguardo di fuoco. «Gli affari sono l'ultimo dei miei pensieri, in questo momento.»

«Bene!» fece Marvin sedendosi più comodamente sul divano. «E come sta Daryl?»

«Ottimamente. E prima che me ne dimentichi: ha ricevuto la tua lettera mercoledì ed era felice. Ti ringrazio di avergli scritto.»

«Avevo promesso che gli avrei scritto.» Si fece serio. «Sa che sei con me?»

Edgar scosse la testa mentre i suoi occhi si incupivano. «Ho dovuto dirgli una bugia, mi sono inventato un impegno d'affari a Washington.»

Marvin rimase per qualche istante pensieroso. «Vorrei che andasse diversamente. Mi sento un vigliacco. Odio questa situazione.»

Edgar fece cenno di alzarsi. «Vuoi che me ne vada?» Marvin lo spinse giù. «Non essere sciocco. Sono felice che tu sia qui. Solo vorrei che tu avessi potuto dirgli la verità.»

«Non mi sembra ancora il momento.»

«Ma verrà mai questo momento?»

«Certo, ma ci vorrà pazienza.» Gli accarezzò il viso con il dorso della mano. «La psichiatra ha tentato di indagare la sua avversione a una nostra relazione. Sembra che Daryl abbia paura che il nostro rapporto possa creare le condizioni perché tu te ne vada, così come ha fatto Margot. Forse, mi accusa per la sua fuga e non vuole che questo succeda anche con te.»

«Ha detto questo?» chiese sorpreso.

«Non come l'ho detto io. Ma in definitiva è quello che la psichiatra ha letto fra le righe.»

«Non avrei mai immaginato che i suoi sentimenti potessero essere così complessi.»

«Tu sei la prima persona alla quale lui ha voluto bene dopo Margot. E se vede che io ti bacio come un uomo bacia la persona che ama, ha paura che la storia si ripeta.»

«Povero piccolo! Dovremo fare di tutto per convincerlo che non ha niente di cui preoccuparsi.»

«Sei tu che devi convincerlo che meriti veramente la sua fiducia, più di quanto la meritasse Margot. Sei disposto a farlo?»

«Lo sai che sono pronto a farlo. Ma non so da dove iniziare.»

Lui gli accarezzò i capelli. «Tanto per cominciare, penso che la prossima settimana potresti venire a New York per il weekend e stare a casa nostra.» Lo fissò con sguardo tenero e continuò a voce bassa: «Quello che c'è fra noi è speciale e io non voglio perderlo.»

Marvin annuì sentendosi inondare di gioia.

Edgar riprese: «Ma non possiamo dimenticare Daryl, soprattutto io. E, se lui è infelice, lo sono anche io!»

«Lo so!» sussurrò Marvin sentendo di amarlo ancora di più perché anteponeva il benessere di Daryl al suo. Quello era il padre ideale per lui. Nessun bambino avrebbe potuto desiderare un padre migliore di Edgar. Mentre lui gli sfiorava il mento Marvin disse: «Per prima cosa domattina chiamerò le linee aeree e prenoterò un posto per il primo volo di venerdì per New York.»

«Sapevo che avresti acconsentito.»

Marvin fece una smorfia. «Sei sicuro di te stesso, non è vero?»

«Più sicuro di te e dei tuoi sentimenti per Daryl. E ti pagherò io il viaggio.»

«Non è necessario.»

Un lampo divertito passò negli occhi scuri di Edgar. «Non ti ho fatto una proposta oscena. Tu non hai molto denaro…»

«Ma me lo posso permettere, almeno per questa volta,» lo rassicurò Marvin. «La prossima volta forse ti chiederò un prestito.»

«Io applico interessi altissimi.»

«Ma non mancherei di restituirti il denaro.»

«Ma io non voglio il denaro, non parlavo di questo. Pretenderei ben altro da te.»

Marvin lo guardò per qualche istante fingendosi scandalizzato prima di scoppiare a ridere. Poi si fece serio. «Ma guarda che padrone di casa sono! Non ti ho offerto niente. Vuoi qualcosa?»

«Più tardi.»

«Qualcosa da mangiare. Devi essere affamato.»

«Non di cibo, ho fame di te!» mormorò lui. Gli passò una mano lungo la manica. «Hai qualcosa sotto, tesoro?»

A Marvin venne meno il respiro mentre il cuore prendeva a martellare nel petto. «Certo.»

«Maledizione! Speravo proprio di no.» Prese a sbottonare la lunga fila di bottoni dal collo fino ai piedi. «Ma quanti bottoni hai, brontolò. Tra camicia e pantalone sei pieno.»

«Un'infinità.»

«Scommetto che l'hai fatto apposta per farmi impazzire.»

«Sì.»

«Ti sculaccio.» Con un gesto brusco aprì la camicia. I bottoni saltarono via spargendosi per la stanza.

«Non ce la facevo ad aspettare.»

«Adesso dovrai riattaccarli uno per uno!»

«Penso che ne valga la pena.» Tacque per guardarlo estasiato. Sotto la camicia si nascondeva un corpo bellissimo e due capezzoli che sembravano due smeraldi, belli e pronti da gustare. Mentre gli toglieva la camicia, Marvin gli mise le mani sulle spalle e lo attirò a sé sentendo, attraverso il tessuto, il calore di quel corpo, e anche qualcos'altro di duro, Sì, Edgar era eccitato. Infine gli tolse anche i pantaloni, lasciandolo in slip.

«Sei bellissimo,» mormorò mentre accarezzava la sua pelle. «Sei meraviglioso.»

Marvin lo spinse all'indietro sul divano.

«Cosa vuol dire questo?» domandò Edgar con voce roca. «Che non è necessario che mi cerchi una camera in albergo per stasera?»

«Come hai fatto a indovinare?» gli chiese con voce spezzata. Poi rapidamente gli sbottonò la camicia, gliela tolse ed Edgar lasciò che le sue mani vagassero sul suo torace robusto. Marvin si sentì sommergere da un meraviglioso calore che sembrava irradiare da quel corpo favoloso.

Edgar continuava a guardarlo. Poi prese ad accarezzargli i capezzoli, facendoli diventare turgidi. Marvin fremette. «Edgar... Oh Edgar,» bisbigliò con voce appena percettibile quando lui gli cinse alla vita stringendolo fra le sue forti braccia. Si baciarono di nuovo mentre Edgar continuava ad accarezzarlo, ad esplorare quel corpo tanto amato e desiderato. E come fremeva quando la sua mano si soffermò sul membro di Marvin, era duro, desideroso di coccole.

Le loro lingue si incontrarono in un erotico duello.

«Lascia che ti guardi!» implorò Edgar alzandosi e inginocchiandosi accanto al divano. Era così bello e nudo lo era ancora di più: quei sognanti occhi azzurri, quei morbidi capelli, quell'espressione timida ma al tempo stesso sensuale, tutto di lui lo incantava. Tutto di lui lo stregava!

«Mi fai sentire così vulnerabile, così nudo,» sussurrò Marvin senza distogliere lo sguardo dagli occhi del compagno.

«Non abbastanza nudo,» replicò Edgar che gli sfilò gli slip. Al vederlo così, si sentì sopraffare da una passione ancora più ardente, da un desiderio quasi insostenibile. Con lo sguardo accarezzò i capezzoli rotondi ed eretti, la vita sottile, il ventre morbido, le gambe lunghe. Avrebbe voluto farlo suo in quel momento, lì, sul divano, ma non voleva bruciare tutto in pochi istanti. Voleva ore meravigliose, voleva che durasse fino all'alba.

Marvin si sentì sommergere da una selvaggia, meravigliosa sensazione e dal desiderio che Edgar gli tornasse vicino. Anche lui voleva accarezzarlo in ogni parte del corpo, sentirlo, cullarsi fra le sue braccia. Lo attirò a sé.

Edgar prese a baciargli i capezzoli, prima uno, poi l'altro.

«Edgar...» esclamò Marvin con voce strozzata. «Mi fai impazzire.»

«Ed è proprio questo che voglio.»

Marvin gli prese il viso fra le mani e lo baciò. Inizialmente Edgar cominciò a leccargli le labbra, poi le morse, e infine entrò con la lingua nella sua bocca intrecciando la sua lingua con quella del ragazzo. Marvin lo sentiva meravigliosamente vicino e non solo fisicamente. Sapeva che quello che li univa non era soltanto il desiderio o la ricerca del puro piacere, quello non sarebbe stato sufficiente a rendere i loro amplessi così meravigliosi. Era molto di più: era qualcosa che coinvolgeva emozioni e sentimenti

I loro membri erano duri e si strusciavano tra loro facendoli impazzire. Edgar li prese tutti e due in mano abbassando la pelle dei prepuzi, e strusciando il glande tra loro, ormai umidi dal piacere.

Marvin non riusciva più a contenersi dal desiderio di essere amato e, tra un sospiro e l'altro, supplicò il compagno: «Prendimi adesso, Edgar.»

«Anche io ti desidero da impazzire,» replicò l'altro con voce roca. «Ma questo divano lascia molto a desiderare. Dov'è la tua camera?» chiese alzandosi.

«In fondo al corridoio,» rispose Marvin agitando una mano verso quella direzione.

Lui lo sollevò fra le braccia. Quando fu in camera l'adagiò sul letto e accese la luce sul comodino. Un attimo dopo gli fu accanto. Con mani tremanti Marvin finì di spogliarlo. Era estasiato di quel corpo meraviglioso, di quel membro che svettava eretto, duro, umido, con due testicoli grossi che scendevano meravigliosamente, pieni da svuotare. Non capì più nulla, lo prese in mano e cominciò a leccare il glande come se si trattasse di un gelato e lo fece entrare fino in fondo alla gola. Non era molto lungo ma grosso e faceva fatica a contenerlo tutto in bocca, ma non lo avrebbe mai abbandonato di sua spontanea volontà. Era tutto suo. Edgar fra un fremito e l'altro si spostò, aprì le natiche del suo amante, infilando il viso nel solco per stimolare con la lingua l'apertura di Marvin che fremeva dal desiderio. Poi entrò con un dito e andò subito ad accarezzargli la prostata.

Marvin non resistette oltre: «Prendimi, per favore ti supplico, fammi tuo.»

«Mio, Marvin!» mormorò Edgar con indicibile dolcezza, mentre lentamente lo. Per qualche lungo istante rimasero entrambi immobili, semplicemente uniti, godendo di quel prezioso momento.

Poi Edgar prese a baciarlo e insieme si mossero, parlandosi, sussurrandosi mille dolci parole d'amore. Mentre il ritmo si fece via via più intenso furono trascinati in una spirale di estasi che li sconvolse e li lasciò esausti.

Qualche tempo dopo Marvin si stiracchio pigramente fra le braccia del suo amante, sorridendo felice. «E adesso? Hai fame?»

Edgar annuì accarezzandogli i capelli spettinati. «In effetti, sto morendo di fame!»

«Cosa ne pensi dell'insalata di gamberi? Ho preso anche una bottiglia di vino bianco italiano.»

«Penso che sarà una cenetta squisita!» Guardandolo con aria teneramente ironica, continuò: «Cosa ne diresti se io volessi cenare a letto? In fondo tu mi hai sedotto senza darmi il tempo di disfare la valigia e... Non ho il pigiama!»

«Io ti ho sedotto?» domandò Marvin ridendo e scuotendo la testa. «È stato esattamente il contrario e, no, non ti porterò la cena a letto.» Edgar inarcò un sopracciglio. «Ma io sono completamente nudo!»

«E io non mi vergogno. Chiuderò gli occhi, te lo prometto, almeno fino a quando non ti sarai vestito,» replicò Marvin scendendo dal letto e infilandosi rapidamente un pigiama.

«Come sei bello Marvin. Quanto mi piaci.»

Marvin diventò rosso, si volse un attimo per rivolgergli un sorriso e uscì dalla stanza.

Sorridendo a se stesso, Edgar si stiracchiò voluttuosamente prima di alzarsi.

Poco dopo sedevano nel piccolo tinello, mangiando insalata di gamberi e bevendo un *Orvieto*, un vinello bianco italiano che Marvin amava tanto soprattutto con ghiaccio. Parlarono, scherzarono, risero e la cena durò a lungo. Quando Edgar rifiutò il terzo bicchiere di vino, Marvin raccolse piatti e bicchieri e li ripose nel lavello, ma prima ancora che avesse finito di far scorrere l'acqua calda, l'altro gli fu alle spalle e lo cinse alla vita con un braccio. Con una mano gli sollevò la testa e prese a baciargli il collo e la nuca. Marvin si finse meravigliato e si allontanò. Ma non riuscì a nascondere un sorriso sensuale.

«Ti è piaciuto?»

«Sì. Il bacio sul collo mi ha fatto venire i brividi, e sentire una cosa dura mi ha fatto venire tanta voglia, Edgar!»

«Quando sto con te mi eccito sempre, Marvin.»

«Mio Dio, Edgar… Sei insaziabile!»

«Hai ragione!» rispose tentando di prenderlo. «Hai detto la parola esatta. Con te sono insaziabile.»

Marvin ridendo girò di corsa attorno a tavolo per sfuggirgli, soltanto per essere poi preso subito fuori della cucina nel breve corridoio fra il soggiorno e la stanza da letto. Lo sollevò e lo portò nella sua camera e l'adagiò sul letto sfatto. Gli fu accanto e si chinò su di lui. «Marvin,» sospirò a voce bassa. «Credo di amarti.»

Per un attimo il cuore gli si fermò in petto mentre si sentiva inondare da una gioia quasi incredibile. Poi il suo cuore riprese a battere e Marvin lo guardò con aria sardonica. «Ah… Tu… Credi di amarmi.»

Edgar gli sfiorò le labbra. «Ne sono quasi sicuro.»

«Edgar,» bisbigliò Marvin. «Io so di amarti!»

Lui continuò a baciarlo. «Lo spero, ma devi darmi ancora un po' di tempo. Margot ha fatto del male non solo a Daryl. A me ha lasciato l'incredulità nei confronti dell'amore. Ma se puoi essere paziente con Daryl, non potresti essere paziente anche con me?»

«Certo.» Lo abbracciò. «Non potrei mai dirti di no, io ti amo.»

«Mio dolce Marvin,» mormorò Edgar abbracciandolo possessivamente. «Se ti giri, posso fare meglio,» disse con voce suadente, tentandolo.

Ma Marvin non voleva girarsi: stava cercando di mantenere un briciolo di orgoglio in una situazione decisamente complicata. Lo sentì muoversi e scivolare con le labbra lungo i suoi fianchi, seguendo pian piano i suoi addominali, e portandolo a girarsi, sebbene contro la sua volontà, che in quel momento, però, non era dominata dal cervello. Sentì la bocca di Edgar sfiorare il suo sesso, e perse totalmente il lume della ragione. Lo lasciò fare. Gli abbassò la pelle del prepuzio e cominciò a leccarlo e succhiarlo, facendolo arrivare in gola. Lo stava portando in paradiso. Marvin non resistette e riversò nella bocca di Edgar il frutto del suo amore.

Cercarono di prendere sonno, e nonostante fossero sudati rimasero stretti l'uno all'altro. La giornata era stata decisamente troppo lunga.

«Posso farti una domanda?» chiese all'improvviso Marvin accarezzando il mento di Edgar. L'altro rise. «Cosa mi vorresti chiedere?»

«Tu non sei come me che non ho esperienza, lo si vede che ci sai fare. Quanti ne hai avuti?»

«Diversi, prima e dopo il matrimonio. Uomini e donne, sì. Però nessuno di loro mi ha dato quello che mi hai dato tu stasera.»

Quella frase fece sciogliere Marvin. Gli diede un bacio che l'altro corrispose con estrema vivacità, tanto da fargli credere, per qualche istante, che ne volesse di più. Ma si staccarono dopo un po', ed entrambi capirono che erano troppo stanchi e decisamente sfiniti per fare altro.

Edgar strinse Marvin a se, il ragazzo appoggiò la fronte sul suo petto, per poi spegnere la luce.

«Buonanotte,» sussurrò tenero Edgar.

«Buonanotte amore,» rispose Marvin, sorridendo di nascosto quando, dopo aver pronunciato la parola amore, sentì nitidamente nel petto di Edgar il cuore battere con maggior forza.

Capitolo 11

Quel venerdì sera il terminal dell'aeroporto La Guardia era affollatissimo. Daryl teneva stretta la mano del padre mentre si facevano strada fra la folla. «È già arrivato, papà?» chiese per la terza volta in meno di due minuti. «È già qui?»

Ancora una volta Edgar controllò il grande monitor che pendeva dal soffitto e vide che l'orario previsto per l'arrivo del volo da Atlanta era stato cambiato.

«L'aereo è un po' in ritardo,» avvisò il figlio dando un'occhiata all'orologio da polso. «Dovrai essere paziente almeno per un'altra ventina di minuti. Pensi che potrai resistere così a lungo, giovanotto?»

Daryl si strinse nelle spalle deluso. «Vorrei che fosse già qui,» borbottò.

«Non vorrai certo che salti dall'aereo e si metta a volare?» scherzò Edgar arruffando i capelli del piccolo. «Marvin non è un uccello. Non può volare.»

«I super eroi dei fumetti lo fanno,» rispose Daryl ridacchiando. «Forse Marvin ha un abito fatato e un mantello.»

Edgar lo guardò. «Lo so che Marvin ti piace, ma non aspettarti di vederlo sollevare le macchine con una mano sola. D'accordo?»

«D'accordo!» convenne il bambino ma l'idea lo fece ridere.

«Aspettiamolo qui,» disse Edgar conducendolo al bar. «Vuoi qualcosa? Cosa ne diresti di una tazza di cioccolata?»

«Voglio una Sprite.»

Dopo aver pagato alla cassa trovarono un tavolino libero. Prima ancora che suo padre avesse finito il caffè lui aveva quasi terminato la sua bibita. Con tranquilla innocenza annunciò: «Io ho ancora sete.»

«Le bevande gassate non ti fanno bene, lo sai,» replicò Edgar. Posò sul tavolino la tazza del caffè e guardò il figlio con aria seria. «Vorrei parlarti un po' di Marvin, Daryl. So quanto sei eccitato al pensiero che passerà il weekend con noi. Ma anche io sono felice di vederlo e spero che tu abbia cambiato idea, che tu possa accettare il fatto che anche noi ci vogliamo bene.»

«Compriamogli qualcosa!» Ignorando completamente le parole del padre il piccolo scivolò dalla sedia e si avviò verso l'uscita. «C'è un negozio qui vicino. Andiamo, papà.»

Deciso a non fare pressioni, Edgar seguì pazientemente il bambino e lo accompagnò al negozio di regali.

Dieci minuti più tardi Marvin scese dall'aereo e, a passo rapido, attraversò il lungo corridoio a vetri verso il centro del terminal. Oltre l'arco del metal detector, vide Edgar e Daryl che corse verso di lui. Un'improvvisa timidezza sembrò bloccarlo quando lo raggiunse. E fu Marvin ad abbracciarlo e a chiedergli scherzosamente: «È questo il modo di accogliermi, cowboy? Posso avere un bacio o forse preferiresti baciare solo il tuo cavallo?»

Daryl scoppiò a ridere dimenticando l'iniziale timidezza e aderì all'invito di Marvin baciandolo a lungo su una guancia. «Io non ho un cavallo, ma potrei avere un pony quest'estate. Papà me lo ha promesso.»

«Ciao Edgar,» disse Marvin sottovoce con gli occhi fissi in quelli di lui. Si erano lasciati solo cinque giorni prima ma gli sembrava che fosse trascorso un periodo molto più lungo. Di nuovo, soltanto il vederlo fu per lui un motivo di gioia. Quando Edgar gli prese entrambe le mani e si chinò verso di lui per dargli un breve bacio leggero, Marvin avrebbe desiderato abbracciarlo e stringerlo a sé. Ma non ne ebbe l'opportunità. Daryl rapidamente si intrufolò fra di loro e gli offrì una piccola scatola argentata adornata da un nastro blu.

Marvin l'aprì e vi trovò un piccolo gatto di cristallo. «Che meraviglia!» esclamò rivolgendo a Edgar e figlio il suo più bel sorriso. «Grazie!»

Edgar disse: «Andiamo a prendere il tuo bagaglio.»

Insieme si avviarono al ritiro bagagli e Marvin indicò una piccola valigia di pelle rossa che passava in quel momento sul nastro trasportatore. Dopo aver mostrato il suo scontrino all'addetto, Edgar ritirò la valigia e insieme uscirono nella fredda e pungente aria serale. Daryl rimase accanto a lui mentre il padre chiamava un taxi e, quando salirono, sedette fra loro.

«Pronto per la cena?» chiese Edgar mentre il taxi si muoveva allontanandosi dal terminal. «Mi auguro che tu abbia fame.»

«Ho un buco al posto dello stomaco. In aereo hanno servito la cena ma io non l'ho presa dal momento che mi avevi promesso di portarmi in un ristorante particolare.»

Mentre si dirigevano al Greenwich Village, Daryl continuò a chiacchierare ininterrottamente. L'argomento principale della sua conversazione fu Alex, il suo migliore amico e compagno di scuola che possedeva nientemeno che tre criceti e una tartaruga. E li aveva battezzati tutti con i nomi degli eroi dei fumetti. Marvin si guadagnò ancora di più la stima del piccolo dimostrando di conoscere a perfezione quei personaggi, dal momento che a scuola i suoi alunni ne parlavano spesso.

Ma con Edgar però non ebbe la possibilità di scambiare altro che poche parole durante il tragitto. Quando, poco più tardi, entrarono nel piccolo elegante ristorante e si furono seduti, lo rimproverò dolcemente: «Perché non hai il mio regalo di Natale? Credevo che ti piacesse.»

«L'ho portato,» rispose Marvin con un sorriso. «E mi terrà caldo quando faremo delle lunghe passeggiate.»

«Daryl e io ti accompagneremo a visitare il Village!»
Si rivolse al bambino che si agitava inquieto. «Non è vero,
giovanotto?»

«Voglio che Marvin venga a casa di Alex,» fu la risposta di Daryl. «Così potrà vedere il criceto che preferisco.
Si chiama Principe. Lo può persino prendere in mano.»

Edgar ridacchiò. «Potrebbe non piacergli avere a che
fare con qualcosa che assomiglia ad un topo.»

«Oh, io non ho paura,» Marvin rassicurò Daryl. «A me
piacciono i criceti.»

«Allora passeremo da casa di Alex per qualche minuto,
se a sua madre non dispiace,» promise Edgar mentre con
un cenno chiamava il cameriere al loro tavolo. «Adesso
però leggiamo il menù e ordiniamo la cena.»

Su suggerimento di Edgar Marvin scelse la sogliola alla
mugnaia che effettivamente risultò deliziosa, anche Edgar
prese la stessa cosa, mentre Daryl spolverò coscienziosamente un piatto di spaghetti e non lasciò neanche una briciola delle sue polpette. Poi divorò un'enorme fetta di torta mentre Edgar e Marvin finivano con il caffè. Quando
cominciò a sbadigliare dietro il tovagliolo, Edgar e Marvin
si scambiarono un'occhiata e chiesero il conto.

«Potremmo andare a casa a piedi,» propose Edgar
quando uscirono dal ristorante. «È soltanto a pochi isolati.»

Con una smorfia Marvin replicò: «Voi di New York dite sempre "a pochi isolati!" Ma vi dimenticate poi di precisare che ogni isolato è lungo almeno un paio di chilometri. Sono già stato a New York e lo so.»

«Allora prenderemo un taxi.»

«Stavo scherzando,» replicò Marvin toccandogli il braccio. Quando l'altro mise la mano sulla sua, il cuore prese a battergli più rapidamente. Ma Daryl lo prese per l'altra mano e l'allontanò da suo padre cominciando nuovamente a parlare di Alex e dei suoi criceti. Un'argentea luna illuminava Gramercy Park di una fredda luce. I rami spogli degli alberi sembravano braccia levate verso il cielo. Completamente cintato in elegante ferro battuto, il parco era silenzioso. Le foglie secche frusciavano per i viali deserti, mosse dal vento gelido. Un'oasi di quiete e di serenità nella città rumorosa. La luce dorata dei lampioni illuminava le panchine vuote e i cespugli di sempreverdi. Marvin trovò il parco affascinante e quando Edgar aprì il portone di uno dei palazzi imponenti che come sentinelle si ergevano attorno alla piazza, Marvin espresse la sua meraviglia.

«Vivi qui? Ma è veramente bello!»

Edgar aprì la porta d'ingresso, si inchinò appena e domandò a Daryl di scortarlo all'interno. Presero un vecchio ascensore dalle pareti di legno, vetro e ferro battuto con il quale arrivarono al terzo piano. Sebbene la maggior parte delle case attorno a Gramercy Park fossero state adibite ad appartamenti non avevano perso nulla del vecchio fascino discreto e dignitoso. Quando Edgar lo condusse in soggiorno Marvin si incantò a guardare gli stucchi elaborati che ornavano gli alti soffitti, le pareti ricoperte di preziosa tappezzeria e arricchite da numerosi quadri d'autore. Due grandi divani grigio scuro posti l'uno di fronte all'altro, separati da un lungo tavolinetto e due poltroncine rosse formavano un angolo molto intimo. Sul tavolo, sul divanetto e su una console, trovavano posto dei vasi pieni di fiori freschissimi e degli argenti luccicanti.

«Non avrei mai immaginato che tu fossi una donna di casa così perfetta!» disse Marvin guardando per terra. «Si direbbe che tiri a cera il pavimento almeno due volte alla settimana.»

«Non posso prendermene il merito,» ammise Edgar con un breve sorriso. «C'è Edith che si occupa di questo e di Daryl quando torna da scuola. Non potremmo più vivere senza di lei.»

«E fa anche delle ottime torte,» aggiunse Daryl conducendo Marvin a un divano. Quando si fu seduto lui corse ad un piccolo mobile d'ebano, prese una scatola e tornò da Marvin. «Fai una partita con me, Marvin?»

«Sono quasi le nove,» obiettò Edgar mettendo a terra la valigia del ragazzo. «Dovresti essere già a letto.»

Il piccolo s'imbronciò. «Non ho sonno. Una partita, papà, per favore.»

«D'accordo, ma una sola. Giocherò anch'io.»

«No!» quasi gridò Daryl precipitosamente mentre apriva la scatola. «Vinceresti subito, batteresti Marvin. Lui non conosce questo gioco, glielo insegnerò io.»

Edgar accettò la decisione del bimbo con una scrollata di spalle e sedette mentre Daryl spiegava a Marvin le regole, peraltro molto semplici, del gioco. Un quarto d'ora dopo la partita era finita e Daryl aveva vinto. Ma non gli fu sufficiente: avrebbe voluto giocare ancora.

«No!» fu la risposta decisa del padre. «Eravamo d'accordo che avresti giocato solo una partita. Adesso devi andare a letto.»

Il piccolo scosse la testa ostinatamente e si preparò a giocare un'altra partita.

«Possiamo giocare domani,» lo rassicurò Marvin. «Ormai è ora che tu vada a letto.»

«Non sono stanco.»

Edgar si alzò. «Andiamo.»

«No.»

«Sì. Adesso va a lavarti i denti e a infilarti il pigiama. Io verrò a rimboccarti le coperte.»

«Sei cattivo, papà!» protestò Daryl afferrando Marvin per la mano. «Non mi piaci.»

«Certo non pensi una cosa simile,» disse Marvin gentilmente dandogli un colpetto sulla mano. «Io credo che tu sia stanco ed è per questo che ti comporti così. Andrai a letto se vengo io a rimboccarti le coperte?»

«Mi racconterai anche una storia?»

«Sì, ma una breve.» Lo aiutò a scendere dal divano e li seguì con lo sguardo mentre padre e figlio uscivano dal soggiorno.

Più tardi andò a rimboccare le coperte a Daryl e gli raccontò una storia. Quando tornò in soggiorno Edgar l'aspettava. Aveva preparato due bicchieri di bourbon, ne prese uno dal tavolinetto e glielo porse mentre Marvin si sedeva accanto a lui.

«Sembra che tu lo abbia conquistato completamente. Pochi mesi fa non avrei mai pensato che avrebbe voluto che una persona estranea gli sistemasse le coperte.»

«E questo ti rende geloso?»

«Forse un po'.» Edgar sorrise appena e scosse la testa. «Non è vero. Sono felice che ti voglia bene.»

«Sì, anche io e anch'io gli voglio tanto bene,» mormorò Marvin.

Si sentì prendere da una strana debolezza quando Edgar gli tolse il bicchiere dalle mani e lo appoggiò sul tavolinetto. Gli mise le braccia intorno alle spalle, l'attirò a sé e Marvin si abbandonò al calore del suo bacio. Furono presi dalla passione, una passione ardente, irresistibile mentre il loro bacio si faceva più profondo. Improvvisamente Marvin si irrigidì. «Cos'è? Hai sentito?»

«Non ho sentito niente!» rispose Edgar baciandogli il collo. «È la tua immaginazione.»

«Ma cosa succede se Daryl…»

«Dormiva quando lo hai lasciato, non è vero?»

«Sì. Ma se si dovesse svegliare e…»

«Andrò a controllare!» disse Edgar lasciandolo con evidente riluttanza. Fu di ritorno dopo un minuto. Si lasciò cadere sul divano e lo prese nuovamente fra le braccia. «Dorme profondamente. Non ti preoccupare.»

Eppure nonostante la sua rassicurazione, Marvin non riuscì ad abbandonarsi completamente. Le mani di Edgar che l'accarezzavano, i suoi baci, le sue tenere parole, tutto lo invitava a lasciarsi andare ma non ci riusciva. Dentro di sé sapeva che non era il momento.

«Smettila di tentarmi,» disse tirandosi indietro. «Credo che sia meglio che io vada a letto. Da solo!»

«Marvin.»

«Tu mi ha chiesto se potevo essere paziente. Ma devi essere paziente anche tu. Non possiamo correre il rischio per Daryl ci trovi insieme. Abbiamo deciso di dargli tempo.»

«Maledizione, lo so!» replicò Edgar accarezzandogli il viso e scendendo poi a sfiorargli un capezzolo. «Ma io ho bisogno di te.»

«Anch'io!» ribadì Marvin alzandosi in piedi. «Ma dobbiamo pensare che Daryl è un bambino e dobbiamo fare tutto quello che possiamo per lui.»

Dopo aver raccolto la sua valigia, Edgar lo condusse alla sua stanza, la seconda nel corridoio. Aprì la porta mise la valigia dentro senza entrare, sapeva che altrimenti non sarebbe più stato in grado di uscirne.

La mattina seguente Marvin si svegliò di buonumore, si stiracchiò pigramente e decise di alzarsi, ma non aveva ancora messo un piede a terra che qualcuno bussò alla porta ed Edgar entrò precipitosamente, passandosi le dita fra i capelli. «Daryl è qui?» chiese in tono angosciato, «l'hai visto?»

«No. Mi sono appena svegliato,» rispese il ragazzo ad occhi spalancati. «Vuoi dire che non lo trovi?»

«Non è in casa.»

«Forse è andato a trovare qualcuno al piano di sotto.»

«Ne dubito, ma è meglio che vada a controllare,» disse Edgar uscendo. «Sarò per ritorno fra un minuto.»

Marvin rapidamente si lavò i denti, si pettinò, si vestì e quando Edgar rientrò da solo sentì il cuore stringersi dalla paura. «Credevo proprio che fosse andato da un vicino.»

«No!» esclamò Edgar mentre attraversava il soggiorno diretto al telefono. «Forse è da Alex. Abita proprio all'angolo della strada, ma Daryl sa che non può andarci da solo.» Compose il numero di telefono con il viso contratto e gli occhi incupiti dalla preoccupazione.

«Pronto, Liza, sono Edgar Austin,» disse frettolosamente. «Daryl è da voi?»

«No,» rispose la madre di Alex palesemente perplessa. «Perché dovrebbe essere qui?»

Edgar si sentì come se qualcuno gli avesse sferrato un pugno nello stomaco. «No... In effetti non dovrebbe essere da voi... Ma non lo troviamo.»

«Vuol dire che non è a casa e non sai dove sia?»

«Esatto!» rispose Edgar, la mano contratta sulla cornetta.

«Oh santo cielo, e dove potrebbe essere?»

«Lo troverò,» dichiarò Edgar sentendo la voce di Liza tremare per il panico. «Per favore, se dovesse capitare da te, richiamami?»

«Certamente!»

Annuendo e dimenticando persino di ringraziare, Edgar riattaccò e si volse verso Marvin.

«Forse,» mormorò Marvin, «è andato al parco. Può andarci da solo?»

«È un parco privato. Avrebbe dovuto prendere la chiave.»

Edgar aprì una scatola sulla console e scosse la testa. «No, la chiave è qui. Non è andato al parco.»

«Ma si è già comportato così altre volte?»

«Per amor del cielo, no! Ha soltanto nove anni e sa che non deve uscire dall'edificio senza di me e nemmeno scendere senza il mio permesso.»

«Allora potrebbe essersi nascosto nell'appartamento. Ai bambini piace nascondersi.»

«Maledizione, Marvin, ho cercato dappertutto e non c'è.»

Marvin tacque per un istante e poi suggerì: «Non credi che sarebbe meglio chiamare la polizia?»

Angosciato Edgar tornò al telefono.

Mentre faceva la seconda telefonata, Marvin andò in camera di Daryl senza nemmeno sapere perché. Quando fu sulla soglia si fermò a guardare il lettino sfatto. Il piccolo pigiama gettato a terra, i giocattoli sugli scaffali. Impulsivamente attraversò la stanza per andare a guardare il guardaroba. In quel momento sentì il passo di Edgar in corridoio. Si volse proprio nell'istante in cui lui entrava. «Cosa ha detto la polizia?»

«Il sergente mi ha chiesto se so quante persone spariscono ogni giorno in questa città. Ma ho cominciato a urlare, gli ho ricordato l'età di Daryl e gli ho detto che so che i bambini possono sparire e non essere mai più ritrovati.»

«Oh... Per piacere, Edgar, non parlare così,» disse Marvin prendendo tra le sue le mani dell'uomo. Aveva la voce rotta dal pianto. «Daryl non è sparito. Lo ritroveremo, lo so. Ma sarebbe bene se la polizia ci desse una mano.»

«Il sergente alla fine ha detto che avrebbe dato l'allarme a tutte le pattuglie di servizio. Ma ha anche chiesto se Daryl avesse qualche motivo per fuggire di casa. Gli ho detto che non riuscivo a trovare una qualsiasi ragione che lo avesse spinto a scappare.»

Marvin impallidì visibilmente mentre un pensiero orribile si faceva strada nella sua mente. «Oh no!» gemette portando le mani al viso e guardando Edgar disperatamente. «Ieri sera, quando eravamo soli in soggiorno e mi era sembrato di sentire un rumore, ti ricordi? Forse era lui e ci ha visti mentre ci baciavamo!»

«Ma ero andato a controllare, non ricordi? E dormiva.»

«Forse fingeva. Potrebbe essere tornato di corsa in camera sua e rimesso a letto prima che tu arrivassi.»

Tacquero per qualche istante.

«Ho notato una cosa,» disse Marvin. «Non c'è il suo costume da cowboy e nemmeno il cappello che gli ho regalato.»

«Vado a cercarlo,» fece allora Edgar. «Ti prego rimani qui in caso decidesse di tornare. E chiama il sergente Wallinsky, il numero è sulla rubrica accanto al telefono e digli come è vestito Daryl. Potrebbe essergli d'aiuto.» Quando fu sulla porta Edgar provò a sorridere. «Non ci possono essere molti bambini di circa nove anni in abito di cowboy in giro per la città. La polizia dovrebbe trovarlo facilmente.»

La mezz'ora seguente fu per Marvin la più lunga che avesse mai vissuto. Dopo aver chiamato il sergente Wallinsky, prese a misurare a passi nervosi il soggiorno, tormentandosi le mani. Poi andò in cucina dove si fece una tazza di caffè che bevve sempre con il pensiero fisso su Daryl e con le ipotesi più terribili che gli passavano per la mente. Il silenzio che lo circondava lo raggelava, avrebbe voluto sentire la vocetta argentina di Daryl che lo chiamava e quella profonda di Edgar che rassicurava. Ma quel silenzio sinistro persisteva. Il telefono non suonò e nessuno bussò alla porta o entrò. Il caffè che aveva bevuto gli aveva fatto venire una terribile nausea. Riprese ad andare avanti e indietro per l'appartamento mentre la paura continuava a crescere dentro di lui. Se fosse successo qualcosa a Daryl... Scosse la testa tentando di allontanare quel pensiero.

Incapace di sedersi, prese una rivista dal tavolinetto e cominciò a sfogliarla senza nemmeno vederla, ma almeno gli serviva per muovere le mani.

Quando qualche minuto più tardi il campanello suonò, sussultò e con il cuore che gli batteva all'impazzata corse ad aprire. Un sospiro di sollievo gli sfuggì dalle labbra quando vide un poliziotto che teneva saldamente per mano Daryl. Si chinò, prese il piccolo tra le braccia, lo strinse, lo abbracciò. «Daryl... Daryl!» disse con voce rauca. Si sarebbe volentieri messo a piangere, ma si trattenne.

«Quanto ci hai fatto star male! Ma dove sei stato?» Il piccolo non rispose.

Lo fece il poliziotto. «Lo abbiamo trovato a una decina di isolati di distanza da qui. Lei è il signor Austin?»

Lui scosse la testa. «No. Sono un amico. Il papà di Daryl è fuori a cercarlo e mi aveva pregato di rimanere a casa nel caso che, nel frattempo, il bambino fosse tornato.» Si rialzò, prese Daryl per mano e sorrise al sergente. Aveva gli occhi lucidi di lacrime.

«Grazie tanto per averlo trovato. Lei non sa...»

«Sì, lo so,» lo interruppe il poliziotto. «Mia moglie e io abbiamo due bambini e se uno di loro sparisse io sarei capace di arrampicarmi sugli specchi.» Si chinò su Daryl e lo guardò negli occhi. «E tu, la prossima volta che vuoi andare a spasso, dillo a qualcuno.»

Dopo che il sergente se ne fu andato, Marvin condusse Daryl sul divano, dove si lasciò andare il più lontano possibile da Marvin, evitando di guardarlo.

«Daryl,» cominciò Marvin tentando di parlare in tono tranquillo. «Dove stavi andando?»

Lui abbassò ancora di più la testa.

Marvin tento di nuovo. «Ma tu stavi andando da qualcuno. Da chi? Dove?»

Rannicchiandosi all'estremità del divano Daryl mise il broncio. Era evidente che non voleva parlare.

Marvin decise di non insistere. Si alzò, andò al tavolo, trovò un pezzo di carta e scrisse un breve appunto che lasciò bene in vista. Indossò il cappotto, poi prese Daryl per mano costringendolo ad alzarsi. «Andiamo. Dobbiamo trovare tuo padre. È là fuori che ti sta cercando ed è quasi impazzito dalla preoccupazione. Se torna prima di noi leggerà il biglietto e si tranquillizzerà.»

Daryl si lasciò condurre alla porta. Marvin aprì e emise un'esclamazione di gioia: Edgar in quel momento stava uscendo dall'ascensore.

«Grazie a Dio!» sussurrò l'uomo sollevando il piccolo fra le braccia e riportandolo in casa. Per alcuni minuti rimase con il figlio stretto a sé senza dire parola. Marvin era accanto a lui. Lo guardò dritto negli occhi e gli chiese: «Dove stavi andando?»

«Dalla nonna.»

«Ma il Connecticut è molto lontano e lo sai. E perché te ne sei andato? Ti sei alzato dal letto ieri sera dopo che

Marvin ti aveva raccontato la storia e rimboccato le coperte?»

Singhiozzando e divincolandosi, Daryl si liberò dalle braccia del padre, corse in camera sua e si sbatté la porta alle spalle.

Marvin ed Edgar si guardarono. Una vena prese a pulsare sulla tempia di Edgar. «Almeno adesso abbiamo una risposta: ieri sera ci ha visto e per quanto io possa detestare questa eventualità, credo che stia tentando di strumentalizzarci.»

Marvin fissò il pavimento. «E ci sta riuscendo.» I suoi occhi si riempirono di lacrime. «Edgar, io non ce la faccio a vederlo così avvilito. Penso sia meglio che io torni a casa.»

«Andare a casa? Ma sei arrivato soltanto ieri sera!»

«Lo so ma penso che io debba andarmene, adesso,» replicò lui sottovoce avviandosi verso la sua stanza conscio del fatto che l'altro lo seguiva. Mentre tirava fuori la valigia dall'armadio e la metteva sul letto, Edgar rimase sulla porta.

«Te ne vai veramente?» chiese alla fine in tono brusco.

«Penso che sia meglio. Non possiamo continuare così. Noi ci sentiamo depressi perché non possiamo scambiarci il minimo segno di affetto e quando lo facciamo di nascosto, se lui ci vede hai visto cosa combina… Forse fra un po' di tempo.»

«Quanto tempo?»

«Tutto quello che ci vorrà.»

«La fate facile voi ragazzi: quando le cose si fanno difficili, ve ne andate.»

Marvin lo guardò con aria dura, i pugni contratti. «Non osare paragonarmi a Argot, Edgar Austin. Lei ha lasciato Daryl senza preoccuparsi di quanto male gli facesse. Io me ne vado invece proprio perché non voglio vederlo soffrire.»

«D'accordo… D'accordo! Ho sbagliato.»

«E parecchio. Credo che tu e Daryl dovreste passare il resto del weekend da soli. Forse potreste trovare una sorta di compromesso.»

«E se non ci riusciamo?»

«Oh maledizione… Non lo so. Dovremo aspettare e vedere cosa succede.» Marvin chiuse la valigia. «Vuoi chiamarmi un taxi mentre vado a salutare Daryl?»

Edgar lo fece passare guardandolo impietrito mentre si dirigeva verso la stanza di Daryl e bussava.

Capitolo 12

Daryl era disteso sul suo lettino, gli occhi fissi al soffitto. Quando Marvin sedette accanto a lui non si mosse ma continuò ostinatamente a fissare il soffitto.

«Mi dispiace che tu abbia pensato di fuggire. Ma scappare non è mai una buona idea. E, per di più, avrebbe potuto veramente succederti qualcosa di grave. Tuo padre e io siamo stati molto in pena.»

Il bambino alzò le spalle continuando a tacere.

«Sono venuto per salutarti,» continuò Marvin. «Ho deciso di tornare a casa oggi anziché domani.»

Il piccolo lo guardò e alla fine sussurrò con una vocina quasi impercettibile: «Perché io sono stato cattivo? Perché non mi vuoi più bene?»

«Ma cosa dici? Non pensare che io me ne vada perché sono arrabbiato con te.»

«Ma io sono stato cattivo. È per questo che la mamma se n'è andata.»

«No, Daryl… Non è per quello. Chi te l'ha detto?»

«Nessuno… Io… » Il piccolo s'interruppe e un singhiozzo gli sfuggì dalle labbra. Con gli occhi pieni di lacrime, Marvin lo prese fra le braccia. Lo strinse a sé e lo cullò. «Non è vero, Daryl. Io so che non è vero. Tua madre non se ne è andata per colpa tua. Qualche volta succede che i papà e le mamme non stiano più bene insieme e non siano più felici, e allora decidono di vivere separati. Ma non perché i loro bambini sono stati cattivi o li hanno fatti arrabbiare. È qualcosa che accade quando i genitori non riescono più a vivere nella stessa casa. Non è colpa tua se tua madre vi ha lasciato.»

«Ve… Veramente?»

«Certo! Domandalo al tuo papà, o alla nonna e ti diranno la stessa cosa.»

«Allora se non sei arrabbiato con me, perché te ne vai?»

«Perché penso che tu e tuo padre dobbiate stare insieme da soli, magari per cercare di spiegarvi», gli rispose arruffandogli i capelli. «In fondo me ne vado solo con un giorno di anticipo.»

«Perché non mi vuoi più bene?»

Marvin si affrettò a rassicurarlo. «Voglio che tu sappia una cosa, Daryl. Quando io voglio bene a una persona è per sempre. E io ti voglio bene. Sono sempre stato così. Continuo a scrivere e a telefonare ai miei compagni di scuola anche se li vedo molto di rado. E tu e io siamo amici, non è vero?»

Il piccolo annuì.

«Allora non ti libererai di me tanto facilmente. Ti telefonerò.»

«Me lo prometti?»

Marvin alzò solennemente la destra. «Lo prometto.»

Daryl sembrò più sollevato. «Tornerai la prossima settimana?»

«Adesso sei tu che devi venire a trovarmi. Forse il prossimo week-end. Vedrai come ci divertiremo!»

«Spero che papà mi faccia venire da solo.»

«Lo spero anch'io, perché non è facile per me e
lui stare insieme. E non lo sarà almeno che tu non
cambi idea a questo proposito,» disse seriamente.
«Tuo padre e io vogliamo essere amici, ma tu non
vuoi e allora, quando siamo vicini, siamo molto
tristi. Sarà meglio per noi non vederci. Non vogliamo renderti infelice perché tutti e due ti vogliamo bene.»

«Oh!» Fu tutto quello che Daryl riuscì a dire,
ma sul suo visetto si dipinse un'espressione pensierosa mentre una ruga sottile gli apparve sulla
fronte.

Marvin lo baciò. «È meglio che vada, adesso.»

Quando si alzò in piedi lui fece per toccargli
una mano. «Veramente potrò venire ad Atlanta?»

«Certamente! Ti aspetto, cowboy!»

«Ti voglio bene.»

«Sono contento!» disse Marvin affrettandosi a
uscire per non mostrargli gli occhi nuovamente
pieni di lacrime.

Edgar l'aspettava in soggiorno. Aveva portato
la valigia accanto alla porta, Marvin guardò prima

la valigia e poi Edgar. Il cuore gli doleva. Non avrebbe voluto lasciarlo ma non aveva altra scelta. Almeno fino a quando qualcosa non fosse cambiata.

«È avvilito per la tua partenza?» domandò Edgar brusco.

«Sì. Ma gli ho spiegato che voi due dovreste stare soli. Gli ho anche proposto di venire ad Atlanta, ma gli ho anche detto che tu e io non ci vedremo perché questo lo rende infelice.»

Edgar inarcò un sopracciglio. «E come ha reagito a quest'ultima tua affermazione?»

«Sembrava pensieroso,» rispose Marvin prendendo la valigia. «Ma mi ha detto qualcosa di veramente preoccupante: crede che sua madre se ne sia andata perché lui era cattivo.»

«Oh, mio Dio! Ma non aveva mai detto prima né a me né alla psichiatra di sentirsi responsabile per l'abbandono di Erika.»

«Alcune paure sono così terribili e dolorose che a volte si preferisce non parlarne. Le ha confessate a me perché credeva che anche io me ne andassi per la stessa ragione.» In quel momento dalla strada giunse il suono di un clacson ripetuto impazientemente. «Deve essere il mio taxi. Devo andare.»

«Marvin...» sussurrò lui mentre il ragazzo raccoglieva la valigia e si affrettava a uscire per prendere l'ascensore.

Se ne era andato! Con i pugni contratti Edgar rientrò nell'appartamento. Silenziosamente si chiuse la porta alle spalle: aveva preso una decisione. Era giunto il momento di avere una franca discussione con suo figlio. Lo chiamò.

«Sediamoci, voglio parlarti,» annunciò conducendolo al divano. Quando furono comodamente seduti, cominciò: «Ci sono molte cose che devo dirti, Daryl. La prima è che hai sbagliato oggi scappando. Avremo potuto tutti trovarci in seri guai.»

Daryl abbassò la testa e annuì. «Lo so, Marvin me l'ha detto.»

«Mi prometti che non lo farai mai più?»

«Sì.»

«Ma per questa tua fuga io devo punirti. Niente televisione per una settimana.»

«Ma papà...» Il piccolo cominciò a protestare, poi sospirò rassegnato rendendosi conto che il castigo era giusto. «Va bene.»

«La seconda cosa è ancora più importante.» Edgar allungò una mano e gli fece una carezza. «Tua madre non se n'è andata perché tu sei stato cattivo ma perché voleva condurre un altro genere di vita.»

«Lo so. Me lo ha detto Marvin,» ripeté il bambino fissando il padre ad occhi spalancati.

«E tu ci credi?»

«Sì.»

«Questo vuol dire che hai fiducia in lui,» disse Edgar sottovoce. «E questo ci porta all'altra questione di cui voglio parlarti. So che Marvin ti ha detto che non vuole che io venga con te ad Atlanta perché tu non desideri che noi due stiamo insieme e questo naturalmente ci fa star male. So che tu vuoi bene a Marvin. Ma anche io gli voglio bene e anche lui me ne vuole, il che significa che noi vogliamo abbracciarci, a volte anche baciarci. Ma questo non vuol certo dire che non ti amiamo. Tu stai crescendo, Daryl, ed è tempo che cominci a pensare anche ai sentimenti di chi ti sta intorno. Soltanto i bambini molto piccoli pensano a se stessi e basta, ma tu non sei più un bambino piccolo, io lo so. Allora che cosa hai da dire? Non pensi che potresti dividere Marvin con me dal momento che anch'io l'amo e questo mi rende felice?»

Un'espressione di comprensione apparve negli occhi innocenti di Daryl. «Sì.»

Edgar lo abbracciò. «Sei un ragazzo veramente in gamba.» Tacque per qualche istante: «E cosa ne diresti se Marvin diventasse il mio compagno di vita e un fratello maggiore per te, giovanotto?»

Daryl lo guardò stupefatto. «Si può sposare un uomo, papà?»

«Certo, Daryl!»

«Lo sposerai papà?»

«Tu lo vorresti?»

«Oh sì, papà,» fu la risposta immediata del bambino. «Sposalo, papà… Sposalo!»

«Non gliel'ho ancora chiesto. Spero che mi dirà sì.» Daryl gli gettò le braccia al collo. Edgar continuò: «Ho un appuntamento d'affari lunedì mattina, ma nel pomeriggio posso prendere l'aereo per Atlanta e andare a chiederglielo.»

Quando Marvin quel lunedì sera fece per imboccare la rampa del garage e vide Edgar seduto sui gradini di casa, per un attimo si domandò se non stesse sognando. Ma, dopo aver sbattuto gli occhi un paio di volte, si accorse che era proprio lui in carne e ossa. Frenò di colpo, spense il motore, saltò giù dalla macchina e corse verso di lui.

«Edgar, Edgar, perché non mi hai telefonato per dirmi che saresti venuto?» gli domandò dopo che lui gli ebbe dato un breve bacio. «Oggi è un giorno feriale. Non dovresti essere al lavoro?»

«Non dimenticare che io sono il vice presidente e che mio padre è il proprietario della ditta. Una volta tanto potrò avvantaggiarmi della mia posizione, non credi?» ribatté. «Inoltre Daryl voleva che io venissi.»

«Daryl? Ma…»

Prendendogli le chiave dalle mani, Edgar aprì la porta ed entrò in casa con lui. Quando si volse per guardarlo interrogativamente, lui lo prese fra le braccia.

«Ma cosa succede?» domandò Marvin mentre lui gli baciava la fronte, le guance, il collo. «Daryl voleva che tu venissi a trovarmi? Spiegati, ti prego!»

«Ho avuto una lunga conversazione da uomo a uomo con mio figlio e alla fine si è reso conto che anche lui desidera che noi tutti si sia felici e, finalmente, ha acconsentito a dividerti con me. Certo non posso assicurarti che qualche volta non sarà geloso, ma credo che sapremo come comportarci, ammesso che tu sia disposto a tentare.»

«Oh, Edgar sai che lo sono. Non desidero altro: che noi tre insieme si possa essere felici!»

«Al punto da entrare a far parte della nostra famiglia?»

Marvin si allontanò per fissarlo negli occhi mentre il cuore gli arrivava in gola. «È una proposta?»

«Sì… È una proposta in piena regola,» mormorò Edgar. Da una tasca della giacca estrasse una scatolina e l'aprì: sul velluto scintillò un anello. Poi Edgar con un gesto melodrammatico, si inginocchiò davanti al ragazzo e propose: «Sposami, Marvin!»

«Oh alzati, matto,» lo sollecitò Marvin affettuosamente e dopo che Edgar ebbe obbedito, lo abbracciò. «Lo sai che io ti adoro. E come potrei rinunciare a questo? È così tutto bello!»

«Non puoi prendermi in giro, ragazzo! Tu vuoi me, perché senza di me non puoi vivere. E io non posso vivere senza di te,» ammise abbassando la voce. Poi gli prese la mano sinistra e gli infilò l'anello all'anulare. «Adesso ti sei impegnato con me. Di sicuro vorrai finire l'anno scolastico e questo vuol dire che ci sposeremo quest'estate. Ma ciò darà il tempo a Daryl di abituarsi all'idea. E quando saremo sposati, potresti insegnare a New York, se vorrai continuare a farlo. O forse potresti venire a lavorare con me. Tu racconti le favole in modo meraviglioso. Forse dovresti scrivere libri per bambini.»

«Lo sai che non è affatto una cattiva idea? Ti dirò un segreto: nel profondo del mio cuore ho sempre desiderato essere uno scrittore.»

«Allora deciso?»

«Lasciami almeno il tempo di pensarci.»

«Ma pensa alla soddisfazione che ne ricaveresti. Tu saresti un inventore di sogni. Ma lo sei già, hai già realizzato i miei.»

«Oh ti amo, Edgar,» mormorò Marvin. «Ti amo così tanto!»

«Anche io ti amo. E lo so, non posso stare senza di te.»

Felice come non lo era mai stato, Marvin gli rivolse un sorriso radioso. «Penso che dovremmo celebrare. Ho ancora lo scotch che mi hai dato da portare ad Atlanta.»

Edgar scosse la testa. «No, grazie!»

«Brandy?»

«Più tardi,» disse lui chiudendolo in un caldo abbraccio. «Adesso voglio un bacio.»

Il ragazzo gli sfiorò le labbra. «Sono così felice.»

«Ti amo Marvin, e sarà difficile per me aspettare fino all'estate. I weekend non sono lunghi abbastanza. Io ti voglio con me sempre.»

Marvin gli dette un bacio sulla punta del naso. «Questi sono esattamente i miei desideri e i miei sentimenti!»

«Spero che non cambierai idea quando ti dirò che ieri sera Margot ha telefonato.» I suoi lineamenti si indurirono. «Dopo tutto questo tempo ha deciso che vuol vedere Daryl di nuovo. Pensa, dopo cinque anni. Mi auguro che questo non complichi le nostre esistenze e i nostri progetti.»

«Non sono molto sorpreso che finalmente si sia fatta viva e voglia vederlo. Non molte madri riescono abbandonare un figlio per sempre. E le consentirai di vederlo, non è vero?»

«Non vorrei.»

«Capisco i tuoi sentimenti, ma forse sarebbe meglio per Daryl rivederla. È lui quello che è stato più coinvolto in questa storia e potrebbe portarsi dietro quest'odio terribile per la madre per tutta la vita. Ha bisogno di conoscerla: è sua madre.»

«Tu sarai meglio di una madre, sarai un fratello, un amico sincero per lui, ne sono convinto.»

«Io tenterò di essere per lui il miglior amico che sia mai stato possibile. Ma niente può cambiare il fatto che è stata Margot a dargli la vita e penso che noi dovremmo aiutare Daryl ad accettare la madre così com'è e amarla per quanto può. Questo proprio per il benessere spirituale del piccolo.»

Sospirando Edgar annuì. «Hai ragione. Ma se per caso dovesse richiedere la custodia di Daryl allora si troverà a dovermi affrontare e sono disposto a combattere con le unghie e coi denti perché Daryl non mi venga tolto.»

«Ha parlato per caso di custodia?»

«No. Ma Margot è una sorpresa continua.»

«Allora se lei chiederà la custodia, noi la combatteremo insieme e vinceremo.» Marvin lo guardò e chiese con espressione dolcemente ironica: «Ehi, per caso mi stai chiedendo di sposarti in modo da poter dire al giudice che Daryl ha una famiglia che gli vuole bene?»

«Questo è soltanto uno dei vantaggi che avrò sposandoti,» rispose Edgar stringendolo ancora di più.

Improvvisamente si sentirono tutti e due prendere da un desiderio che ben conoscevano.

«Marvin!» mormorò lui sollevandolo fra le braccia e portandolo in camera da letto.

Si spogliarono reciprocamente e si abbandonarono all'amore lentamente, dapprima dolcemente, per lasciarsi poi afferrare da un vortice che li trascinò sempre più in alto. Il sapere che nulla si frapponeva fra loro e la felicità rendeva la loro unione ancora più esaltante e più travolgente.

Edgar si mosse vicino a lui, intrecciò le sue gambe e le sue mani con quelle dell'altro. Si guardarono sorridendo.

Si erano trovati stretti l'uno all'altro, nemmeno loro sapevano come. C'era solo il desiderio di stringersi, di abbracciarsi, e godersi quei corpi desiderosi di essere toccati, accarezzati, amati.

Ogni cosa era perfetta.

La stanza sembrava dorata. E i ricordi non esistevano più. Erano solo un mucchio di immagini e parole. Esistevano solo loro due.

Il letto era ancora freddo. Marvin, con la schiena appoggiata sul letto e le gambe attorno ai fianchi di Edgar, non ebbe il tempo materiale di rabbrividire.

Fare l'amore con Edgar era più bello di quanto ricordasse: Forse nel tempo era maturato, cresciuto, e diventato vero e proprio sentimento. Forse perché l'essere così vicini e il non potersi toccare come l'ultima volta in casa di Edgar, li aveva logorati così tanto entrambi da farli diventare una cura l'uno per l'altro.

Quando Edgar entrò dentro di lui, i corpi di entrambi si tesero.

Ci fu un attimo, in cui Edgar si fermò a guardarlo. Senza fare altro, solo guardarlo. Era dentro di lui e gli stava invadendo l'anima con quegli occhi splendidi.

In quell'attimo, le vite di entrambi ritornarono alla memoria.

Il loro incontro a Natate, Daryl e la sua gelosia, il loro primo bacio, la loro prima volta. La fuga di Daryl e di Marvin da New York, perdersi e ritrovarsi.

Edgar spinse e Marvin gemette.

Si mossero insieme, come fossero una cosa sola. Erano come una canzone, come la violenza di un ritornello che esplode improvvisamente e non lascia spazio ad altro. E tutto il resto era solo un crescendo di sensazioni, di emozioni, di vuoti da riempire.

E l'aria mancava, e poi tornava ad intervalli regolari. Le dita di Marvin sfioravano la pelle di Edgar graffiandola. Le gocce di sudore imperlavano la fronte di entrambi, scivolando salate tra le labbra.

Edgar gemette più forte, e Marvin insieme a lui, ancora allacciato all'altro. Edgar lo spinse contro il letto, lasciando che la schiena poggiasse sul materasso.

Si morse le labbra, muovendosi sopra di lui. Riversò la testa all'indietro, in estasi e sorrise quando sentì la mano di Marvin tirarlo verso di lui.

C'era qualcosa di vagamente disperato nel sesso. C'era dolore, rabbia, rancore e mancanza. E c'era un desiderio spietato che lasciava vittime uno dell'altro.

Edgar strinse il viso tra le mani, mentre Marvin si schiacciava contro il suo ventre. Per qualche strano motivo, avevano entrambi le lacrime agli occhi.

Quando l'estasi arrivò si aggrapparono l'uno all'altro mormorandosi tenere parole d'amore.

Fecero l'amore su quel letto più di una volta. In maniera selvaggia, quasi brutale, ma nessuno dei due si lamentò minimamente di quella condizione. Quando scivolarono dolcemente l'uno vicino all'altro era notte.

Si erano ritrovati a ridere come due sciocchi, per chissà quale assurdo motivo. Forse per l'enorme senso di liberazione e cominciarono a parlare nella lingua che più conoscevano, la lingua dell'amore.

«Ti amo… Ti amo!» mormorò Marvin.

«Sei mio… Per sempre!» sussurrò Edgar.

Qualche minuto più tardi giacquero l'uno accanto all'altro: si fissarono felici. Edgar gli sorrise: «Non sapevo quanto fosse meraviglioso essere innamorati. Sono stato un uomo fortunato a trovarti e anche Daryl lo è.»

«Sono io quello fortunato!» replicò Marvin.

«Questo è vero. Mio figlio e io siamo un premio per un vecchio insegnante scapolo come te,» disse lui scoppiando a ridere.

Marvin gli fece una boccaccia e si voltò verso il comodino allungando una mano per prendere il telefono.

«A chi vuoi telefonare?»

«A Elaine e Denis. Voglio dir loro che ci siamo messi insieme.»

«Ma è una cosa che può aspettare.»

«Ma saranno così contenti di sapere che ci sposiamo!»

«Mai quanto me!» Edgar gli prese il braccio e cominciò a baciarlo fino a quando Marvin non si volse verso di lui, i grandi occhi azzurri che brillavano.

«Ragazzo, sei l'insegnante più sexy che io abbia conosciuto e ti amo. Sei mio adesso. Ricordalo. Eccetto che per Daryl, quando Margot se ne andò non me ne importò molto, ma tu sei diverso e io non ti lascerò mai andare via: mi hai rubato il cuore.»

«Non pensare neppure per un attimo di avere l'opportunità di liberarti di me,» lo ammonì Marvin sfiorandogli le labbra. «Tuo padre te l'aveva detto di fare attenzione ai ragazzi del Texas. Aveva ragione. Noi sappiamo quello che vogliamo e io voglio te.»

«È proprio quello che mi aspettavo di sentirti dire.»

Edgar lo strinse a sé. «E questo cosa significa? Che vuoi che passi la notte con te?»

Sorridendo appena, Marvin rispose alla domanda con un tenero bacio appassionato.

FINE

Ringraziamenti

Grazie a tutti voi lettori che mi seguite e che leggete i miei romanzi, senza di voi non sarei qui.

MILLY TOSI, la mia madrina, colei che mi ha avvicinato al mondo MM. I suoi romanzi mi hanno entusiasmato: è divina. Grazie per avermi spronato, aiutato, sostenuto e incoraggiato. Grazie per i tuoi consigli.

DEBORAH TESSARI, praticamente il mio braccio destro, sempre pronta a darmi una mano e a rendersi disponibile. Devo moltissimo a lei per il suo lavoro e il suo impegno. L'adoro.

CONSUELO BAVIERA, devo moltissimo a lei per le favolose copertine. Anche l'occhio vuole la sua parte. Lei rende belli i miei libri prima di essere letti. Per me è una delle migliori. Una persona seria che gode della mia stima.

SERENA TRISTINI, la mia beta che con tanto amore e pazienza sta correggendo il prossimo libro, *Il ragazzo della Cornovaglia*, un mio regalo per Natale.

NICOLETTA BOMBINO, amica e nuova collaboratrice, a cui sono molto legato.

Infine Francesca, Mara, Davide, Pippo, Ausilio, Wlady, grazie per il vostro contributo, grazie davvero. Ognuno di loro ha un incarico e lo svolge bene e con entusiasmo.

Biografia

Lavoro. Mi piace viaggiare e dedico il mio tempo libero alla scrittura.

Sì, lo ammetto, ho due grandi passioni: scrivere e quando non scrivo? Leggo. E quando non leggo? Scrivo. Una confidenza? La tastiera del mio computer è consumata: la cambio tutti i mesi.

Scrivo da quando avevo dieci anni, e ora che ne ho il triplo, continuo a scrivere.

Tra le pagine del mio cuore è stato il mio primo romanzo. Mi ha dato tanta soddisfazione e ha cambiato la mia vita.

Un nuovo inizio è il mio quarto romanzo, il più venduto e quello che ha avuto il massimo successo. *Nessun amore sarebbe stato più grande* e *Ho bisogno del tuo amore*, sono stati due grandi successi.

Il principe delle favole va solo letto: stupendo e basta.

Un'occasione perfetta è il sesto romanzo, a me piace molto: semplice, scorrevole, carino e simpatico. Spero che piaccia anche a voi.

Pericolosamente attraente è il settimo romanzo, quello che mi fatto sudare più di tutti e forse per questo mi sta tanto a cuore. Spero che possa piacere anche a voi.

Scrivo per passione e spero che i miei libri via piacciano e vi appassionino, e che facciano affezionare ai personaggi come capita a me.

Scrivo su efp e su Wattpad dove troverete i miei libri gratis:

Tra le pagine del mio amore 2 (Adolescenti)

Il Cielo è blu oltre le nuvole (Adolescenti)

Il mondo è grigio il mondo è blu (Adolescenti)

Il regno dei lupi (Fantasy)

Lo schiavo da letto (Fantasy)

Il prescelto (Vampiri 1)

Il prediletto (Vampiri 2)

Il preferito (Vampiri 3)

Email Nichy98@libero.it

Dimenticavo amo follemente la persona che mi sta accanto, e gli amici sono sacri.

Dello Stesso Autore

Pericolosamente Attraente

Dopo dieci lunghi anni Justin torna a Garston insieme al figlio Nicholas, nella tenuta in cui è cresciuto e che ha lasciato insieme all'ex ragazza di William, all'epoca incinta, che dopo il parto abbandona il figlio a Justin che lo riconosce come suo figlio.

Cosa ha spinto Justin ad andarsene così repentinamente? Perché ha mentito a William, il padre del bambino, negandogli la paternità?

William non gli ha mai perdonato il tradimento e la fuga, e dopo dieci sofferti anni è deciso a fargliela pagare.

Ben presto Justin scoprirà ciò di cui è capace un uomo rude e affascinante quando è ferito nell'orgoglio.

Il Ragazzo Venuto dal Mare

Dall'alto della scogliera a picco sul mare, Robert fissa la schiuma bianca delle onde che laggiù, in basso, gorgogliano rumoreggiando, rivede la giovane donna riversa sulla riva, i lunghi capelli neri sparsi sulle rocce... Poi si rivolge all'uomo ritto accanto a lui «Accetto,» dice.

Un patto assurdo, difficile da mantenere, che presto si rivela basato sul mistero. Perché Brian non parla mai del suo passato? Perché si interessa tanto di Lady Ruth? Qual è il motivo dei suoi lunghi viaggi? Perché si innamora di Robert, un ragazzo appena di diciotto anni?

La soluzione dell'aggrovigliato intrigo risulta avvincente per il lettore che seguirà con appassionato interesse le scoperte di Robert…

Una Calda Emozione

Joel Faulkner non può essere una guardia del corpo con quel fisico mingherlino e quella strana goffaggine.

È quello che deve aver pensato anche Miles Donald, architetto di grido, dopo aver ricevuto non tanto velate minacce da oscuri malviventi. Miles non ha esitato a dubitare delle capacità del giovane Joel deridendolo in modo oltremodo offensivo, ma quando le minacce sono rivolte anche a suo figlio, Miles è costretto ad accettare la protezione di Joel e a portarlo con sé alle Mauritius.

Joel Faulkner è bravo nel suo lavoro ma Miles gli ha proprio fatto passare la voglia di fargli da guardia del corpo. Per fortuna quello sarà il suo ultimo lavoro e poi potrà dedicarsi completamente alla pittura, la sua passione segreta.

La forzata convivenza e un bambino in pericolo riusciranno a convincere i due uomini ad appianare le loro divergenze e risolvere il mistero delle minacce?

Fammi Sognare

Marvin Harris arriva in Texas, al ranch di suo fratello, con l'intenzione di passare delle serene vacanze di Natale. Solo che incontra Edgar Austin, un uomo che ha tutto ciò che lui avrebbe comunque rifiutato. Edgar è pericolosamente attraente, ha un bambino di otto anni e giudica le persone alla stregua della ex moglie che lo ha abbandonato.

Marvin è, da molti anni, un maestro di scuola elementare con comprovata esperienza con bambini difficili, ma affrontare un piccolo introverso e nello stesso tempo tener testa a un padre come

Edgar sarebbe un compito difficile per chiunque. Per di più lui non è il tipo da concedersi facili avventure.

Vale la pena perdere la testa per un uomo che sa creare miracoli sotto l'albero di Natale, ma che al tempo stesso è incapace di leggere nel proprio cuore?

Indice